생각의 공을 굴려서
글쓰기 근육을 키우자

생각의 공을 굴려서
글쓰기 근육을 키우자

황경신과 함께하는
12주의 이야기 여행

위즈덤하우스

/

어려운 것을 쉽게

쉬운 것을 깊게

깊은 것을 유쾌하게

– 극작가 이노우에 히사시의 책상 앞에 붙어 있는 메모

/

시작하기 전에

1. 노트 한 권과 연필 한 자루를 준비하세요.

2. 가능하다면 여행을 함께할 파트너를 찾으세요. 친구에게, 연인에게, 배우자에게, 자녀에게, 부모님에게 여행을 같이 하자고 청해보세요. 세 명 이상으로 이루어진 그룹을 만드는 것도 좋습니다. 서로의 이야기와 글을 나누고, 밀어주고 끌어주고, 다독여주고 북돋아주면서 함께 걸어가세요. 과제를 수행하지 못한 날을 위한 작은 벌칙이 있어도 좋겠지요. 한 권의 책, 한 끼의 밥 혹은 한마디의 칭찬 같은 것. 세상 대부분의 일이 그러하듯 글을 쓰는 것도 외로운 일입니다. 기쁨을 나누고 외로움을 덜어줄 동반자가 있다면, 발걸음이 한결 가벼울 것입니다.

3. 사전을 항상 가까이 하세요. 국립국어원 표준국어대사전, 한자사전, 영한사전 등을 수시로 찾아보는 습관을 들이세요. 이미 알고 있는 단어도 다시 찾아보고, 단어의 예문도 유심히 살펴보

세요. 어려운 단어를 많이 사용하는 것보다, 쉬운 단어를 정확하고 아름답게 사용하는 것이 좋습니다.

4. 이야기 여행에는 열두 개의 코스가 있습니다. 매주 한 코스씩, 순서대로 밟아갑니다. 월요일에 시작하여 금요일까지, 하나의 과제에 대해 다섯 편의 글을 씁니다. 토요일과 일요일은 한 주 동안 쓴 글을 살펴보고, 고쳐보고, 마음이 내키면 새로운 글을 써보는 시간입니다. 리듬과 맥락이 깨어지지 않도록, 주말에도 과제를 품고 있도록 합니다.

5. 12주의 여행이 끝난 후, 처음으로 돌아가서 다시 시작해보세요. 첫 번째 여정에서 보지 못한 것, 느끼지 못한 것들을 차곡차곡 담아 더욱 깊고 다양한 이야기를 만들어보세요. 그 후에는 사진으로 쓰기, 행간으로 쓰기, 질문하고 답하기 등 마음에 드는 과제 하나를 골라 지속적으로 써보는 것도 좋은 방법입니다.

차 례

Part 1

낙서하기

글을 쓴다는 것은 자신의 생각을 표현하는 것입니다.
'무엇'에 대해 글을 쓰기 위해서는, 그 '무엇'에 대해
집중적으로 생각하고, 다양한 각도에서 살펴보아야 합니다.
첫 4주 동안의 과제는 집중력과 상상력, 관찰력과 어휘력을
키우는 데 도움을 줍니다. 슬슬 몸을 푼다는 기분으로,
낙서를 해봅시다.

· WEEK 1 ·

남의 문장으로
낙서하기

1. 지금 읽고 있는 책, 혹은 가까운 곳에 있는 책 한 권을 집어 듭니다.

....

2. 아무 페이지나 펼쳐서 처음부터 끝까지 읽습니다.

....

3. 그중에서 마음에 드는 문장 하나를 골라 노트에 옮겨 씁니다.

....

4. 노트에 적힌 문장을 이리저리 굴려보고, 뒤집어보고, 만져보세요. 맛을 보고, 비틀어보고, 앞면과 옆면과 뒷면을 살펴보세요. 문장 속에 들어 있는 단어들을 사전에서 찾아보세요. 국어사전, 한문사전, 한영사전에서 단어의 의미를 알아보고, 예문을 통해 단어의 쓰임새를 익히세요.

....

5. 당신이 얻은 정보와 문장을 통해 당신이 떠올린 것들을 노트에 써보세요. 제대로 된 문장을 쓸 필요도 없고, 맥락이 있는 이야기를 만들 필요도 없습니다. 처음 옮긴 문장 주위에 낙서를 하듯 자유롭게 쓰

면 됩니다. 단, 가능하면 다양한 단어를 사용하도록
하세요.

....

6. 이런 방식으로 하루에 책 한 권, 그중의 한 페이지,
그중의 한 문장을 골라, 다섯 페이지의 낙서를 완성
해보세요.

●

책을 읽다가 마음에 드는 문장을 발견할 때마다 노트에 옮겨 쓰는 습관을 들여보세요. 오랜 시간이 흐른 후, '나는 그때 왜 이 문장을 골랐을까' 하고 자신의 마음을 짐작해보세요. 이랬을까, 저랬을까, 생각의 갈피를 글로 써보세요.

● ●

소설의 첫 문장과 마지막 문장을 주의 깊게 보세요. 이 작가는 어떤 고심 끝에 이 문장을 처음에, 혹은 마지막에 썼을까 상상해보세요. 상상의 과정을 글로 써보세요.

{monday}

{tuesday}

{wednesday}

{thursday}

{friday}

글쓰기 근육

작가라는 직업은 운동선수와 꽤나 비슷한 게 아닌가, 하는 생각을 가끔 합니다. 운동선수들이 경기가 있을 때만 훈련을 하는 게 아닌 것처럼, 글쓰는 사람도 책을 낼 때만 뭔가를 쓰는 건 아니니까요. 며칠 동안 글을 놓고 있다가 마감이 닥쳐 모니터 앞에 앉으면 한동안 멍해지지요. 운동을 하면 평소 쓰지 않던 근육을 사용하게 되어 처음에는 통증을 느끼지만, 부지런히 계속하면 더 높은 강도의 훈련을 할 수 있게 됩니다. 마찬가지로, 규칙적인 훈련을 통해 '글쓰기 근육'을 만들 수 있습니다. 운동과 글쓰기의 공통점은 또 있습니다. 수십 년 동안 근육을 다져도 사라지는 건 한순간이라는 거지요. 며칠만 쉬면 눈 깜짝할 사이에 증발해버리는 것이 근육입니다. 그러니까 글쓰기 근육을 키우기 위해서는 짧은 시간이라도 매일 글을 쓰는 것이 좋습니다. 가능하면 시간을 정해서, 일과의 한 부분으로 만들어보세요. 매일 아침 일어나서 이를 닦고 커피를 마시며 쓴다, 또는 퇴근하고 저녁 먹고 30분쯤 책을 읽다가 쓴다, 라는 방식으로. 글쓰기가 일종의 아웃풋이라면 독서는 인풋입니다. 사족입니다만, 저는 책 한 권을 내기 위해 최소 100권 이상의 다른 책을 먹어치웁니다. 입맛을 다시며, 냠냠쩝쩝.

+ TIP 2 +

생각의 공

책상 앞에 오래 앉아 있다고 성적이 쑥쑥 오르는 게 아닌 것처럼 글쓰는 시간이 길다고 좋은 글이 나오는 건 아니지요. 글만 써서 먹고살 수 있는 사람이 아닌 이상 긴 시간을 내기도 힘들고요. 그런 이유로 속상하신 분들에게 선물을 하나 드리겠습니다.

자, 여기 '생각의 공'이 있습니다. 조그맣고 단단하고 차갑고 하얀 공입니다. 이 공에 이름을 붙여주세요. 하나의 단어 또는 문장도 좋습니다. 이제 이 공을 주머니에 넣고 다니면서 만지작거리세요. 만지작거리면 만지작거릴수록 공은 점점 말랑해지고 따뜻해지고 다채로운 색깔을 띠게 됩니다. 동그란 모양이 변할 수도 있고 크기가 달라질 수도 있겠지요. 어디에 있든 누구를 만나든 무슨 일을 하든, 공의 존재를 인지하세요. 듣고 보고 말하고 행동하는 것들을 공과 연결시켜보세요. 평범한 공이 자신만의 공으로 변했다면 성공입니다. 공 안에 들어 있는 단어 또는 문장은 오롯이 당신의 것입니다.

예를 들어 제가 지금 가지고 있는 '생각의 공'의 이름은 '중력'입니다. 책을 읽을 때도, 수영을 할 때도, 사람을 만날 때도, 그 공을 만지작거립니다. 공의 모양이 흡족해지면, 컴퓨터 앞에 앉아 그냥 써버리는 겁니다. 저는 글을 빨리 쓴다는 말을 종종 듣지만, 그건 진실이 아닙니다. 생각하는 시간도 쓰는 시간이므로, 그 시간을 포함하면 나무늘보처럼 느릿느릿 쓴다고 해야겠지요.

　'생각의 공'에 이번 주의 과제를 위한 오늘의 문장을 써넣으세요. 그 공을 몸에 지니고 다니면서 못살게 구세요. 눌러보고 찔러보고 핥아보고 킁킁 냄새도 맡아보세요. 충분한 시간이 흐른 후에 노트를 펼치세요. 익숙해지고 나면, 손이 저절로 움직이게 될 거예요.

· WEEK 2 ·

단어로
낙서하기

1. 월요일

단어 하나를 골라 노트에 쓰세요. 낯선 단어도 좋지
만 익숙하고 평범한 단어를 끌어내어 곰곰이 들여다
보는 것도 좋습니다. 그 단어로 인해 떠오르는 다른
단어들, 명사와 동사와 형용사 등을 자유롭게 쓰세
요. 국어사전을 찾아보고, 한자와 영문으로 어떻게
쓰는지 살펴보고, 단어에 얽힌 기억을 들추어보세요.
그 단어가 들어가는 짧은 글 한 편을 쓰세요. 이 단어
는 화요일로 연결됩니다.

....

2. 화요일

또 하나의 새로운 단어를 고르세요. 월요일과 마찬
가지로 '오늘의 단어'를 가운데 두고, 연상되는 단어
와 이미지를 자유롭게 쓰세요. 이제 월요일의 단어를
가져와서 오늘의 단어와 나란히 놓고, 두 단어 사이
의 공통점을 찾아보세요. 이 요소들을 버무려 한 편
의 글을 쓰세요.

3. 수요일

화요일과 동일한 방식입니다. '오늘의 단어'를 고르고, 연상 단어를 씁니다. 그리고 화요일에 찾아낸 공통점과 오늘의 단어, 둘 사이의 공통점을 찾아봅니다. 이것으로 글을 씁니다.

....

4. 목요일

역시 전날과 동일한 방식입니다.

....

5. 금요일

전날과 동일한 방식입니다. 이 마지막 공통점은 지금 당신 삶의 키워드일 수 있습니다.

구체적인 예를 들어 다시 한 번 정리해볼까요.

1일: 단어1

2일: 단어2 + 단어1과 단어2의 공통점(이것을 A라고 할게요)

예를 들어 월요일의 단어가 '공'이고 '말랑말랑, 둥글다, 튄다, 피구, 월드컵' 등이 연상 단어라고 가정해볼게요. 오늘의 단어가 '지구'라면 '중력, 별, 푸르다' 등의 연상 단어가 나올 수 있겠지요. '공'과 '지구'의 공통점은? 여러 가지가 있겠지만 그중에서 '둥글다'를 선택했다면, '공'과 '지구'와 '둥글다'를 가지고 글을 쓰는 것입니다.

3일: 단어3 + A와 단어3의 공통점(B)

오늘의 단어를 '기차'라고 해봅시다. 화요일의 공통점은 '둥글다'였지요. 그렇다면 '기차'와 '둥글다'의 공통점은 무엇일까요? 저는 '여행'이 떠오르네요. 이론적으로 논리적으로 말이 되는 공통점일 필요는 없습니다. 생각이 흘러가는 대로 자유롭게 따라가고 그 과정을 글로 쓰세요.

4일: 단어4 + B와 단어4의 공통점(C)

오늘의 단어가 '파랑'이라면, 수요일에 찾은 공통점 '여행'과 '파랑'의 공통점을 찾는 것입니다. 두 단어의 공통점은? '하늘'은 어떨까요?

5일: 단어5 + C와 단어5의 공통점(키워드)

오늘의 단어를 '토끼'라고 해봅시다. 이제 '하늘'과 '토끼'의 공통점을 찾아봅니다.

●●

당신에게 중요한 단어, 왠지 끌리는 단어, 자꾸 생각나는 단어, 당신을 표현할 수 있는 단어들을 고르세요. 단어와 공통점을 찾아가는 여정과 기억을 버무려 짧은 글을 쓰는 것이 부담스럽다면, 단어와 단어의 공통점을 찾으며 낙서만 해도 괜찮습니다.

●●●

하루에 단어 하나를 품고 생각을 굴리다 보면 어휘력이 풍부해집니다. 똑같은 단어를 사용하더라도 특별하게 쓸 수 있게 됩니다. 처음에는 관념보다 실체가 있는 것을 고르는 것이 좋습니다. 일상에서 단어를 건지세요. 지하철 안에서, 누군가를 기다리며, 이를 닦으며, 자유롭게 생각하고 틈이 나는 대로 노트를 채우세요.

{monday}

{tuesday}

{wednesday}

{thursday}

{friday}

세 가지 물음표

뭔가를 쓰려고 할 때 처음 만나게 되는 물음표는 '어떻게?'입니다. 어떻게 시작할까, 어떻게 표현할까, 어떻게 이어갈까, 어떻게 맺을까… 기타 등등, 기타 등등. 이 물음표를 따돌리기 위해서는 부지런히 읽고 부지런히 쓰면서 글쓰기 근육을 키워야겠지요.

어느 정도 익숙해지면 두 번째 물음표가 나타납니다. '무엇을?'이지요. '어떻게?'가 사라진 자리에 나타난 '무엇을?'은 조금 당황스럽기도 하지만 즐겁기도 한 존재입니다. 평소 눈여겨보지 않았던 세상의 모든 것들을 돋보기나 현미경으로 들여다보는 것 같은 기분이 들지요. 혹은 새의 시선에서 보는 기분도. 이름 모를 것들이 자신의 이름을, 오래된 이름이 새 이름을 얻게 됩니다. 무의미가 의미로 치환되고, 어두웠던 곳에 빛이 스밉니다. 기쁨이 증폭되기도 하고, 반대로 절망이 깊어지기도 합니다.

이쯤에서 세 번째 물음표가 등장하지요. '왜?'라는 질문입니다. 나는 왜 쓰는 것일까. 세 가지 물음표 중 가장 강력하고, 가장 심오한 해답을 요구하지만, 제가 도와드릴 방법은 없습니다. 답을 찾을 수 있는 사람은 당신밖에 없으니까요.

이제 나쁜 소식이 있습니다. 글을 쓰는 일에 익숙해지면 점점 쉬워지리라는 생각은, 글쎄요, '그렇다'보다 '아니다' 쪽에 가까이 있을지도 모른다는 것입니다. 생각이 깊어질수록, 더 복잡해지고 더 어려워지고 더 무거워지니까요. 나쁜 소식 다음에 올 좋은 소식을 기대하고 있다면, 죄송합니다. 더 나쁜 소식 하나가 남아 있습니다. '어떻게?'와 '무엇을?'과 '왜?' 다음에 나타나는 물음표가 또 있습니다. '다시, 어떻게?'입니다. 그 뒤를 이어 '다시, 무엇을?'과 '다시, 왜?'도 옵니다. 이런 방식으로 이 세 가지 물음표들은 영원히 반복됩니다. 안타깝게도 그 굴레에서 벗어나는 길은, 글쓰기를 그만두는 것 외에는 없습니다.

그럼에도 불구하고, 당신과 나는, 왜 쓰려고 하는 걸까요? 저의 대답은 '그럼에도 불구하고 쓰고 싶어서'입니다. 고백하지만, '쓰지 않으면 안 되는' 경지에는 아직 이르지 못했습니다. 당신의 대답이 궁금합니다.

차원을 달려서

긴 여행을 떠날 때 챙기는 것 중 하나가 E-book입니다. 무거운 책을 여러 권 들고 갈 수가 없으니 작은 기기 안에 수십 권을 넣는 거지요. 비행기에서도 침대에서도 조명등이나 독서등 없이 읽을 수 있어 편리하기도 하고요. 그런데 언젠가, 여행이 끝나고 몇 달 후, E-book으로 읽은 책들이 기억의 아득한 저편으로 사라져버렸다는, 어처구니없고 터무니없는 사실을 발견했습니다. 그 이유를 곰곰이 짐작하던 중, 기사 하나를 보게 되었습니다.

출처가 기억나지 않는 그 기사가 말하기를(혹은 불분명하고 부정확한 저의 기억이 말하기를), 컴퓨터 모니터는 2차원이기 때문에 3차원인 인간과 코드랄까, 케미랄까, 여하튼 뭐 그런 게 맞지 않아서, 모니터 화면을 통해 본 것들은 쉽게 잊어버린다는 것입니다. 인생의 까탈스러운 비밀 하나를 알게 된 것 같은 기쁨이 차올라 혼자 박수를 쳤습니다. 그러고는 종이책을 끌어안았지요.

책을 읽을 때 우리가 사용하는 감각은 시각만이 아닌가 봅니다. 책장을 넘길 때의 감촉과 소리, 종이의 냄새 같은 것이 후각과 청각과 촉각을 끝없이 자극하나 봅니다(책을 보면서 귤이라도 까먹는다면 미각까지 충족되겠지요). 3차원인 내가 3차원인 책과 교감하면서 4차원으로, 5차원으로, 무한의 차원으로 달려가는 상상을 해봅니다.

'왜 종이와 연필을 사용하라는 거지?' 하고 의문을 품었던 분이 계신가요? 노트를 펼치는 수고, 연필을 깎는 수고, 서툰 글씨로 써 내려가는 수고를 통해 우리의 감각을 자극하기 위해서입니다. 그런 수고들이 어딘가에, 좌뇌와 우뇌에, 심장과 영혼에, 머리카락과 손톱 끝에라도, 잘 익은 기억으로 저장되기 때문입니다. 사각사각 사각사각, 이렇게 기분 좋은 소리를 내면서요.

· WEEK 3 ·

사진으로
낙서하기

1. 한 장의 사진을 찍으세요.

. . . .

2. 그 사진을 '생각의 공'에 저장하고 만지작거립니다. 사진을 확대해보고 돌려보고 거꾸로 보고 멀리서 보세요. 구체적인 사실에서 시작하여 허황하고 엉뚱한 상상으로 뻗어가 보세요.

. . . .

3. 충분한 시간이 흐른 후, 사진에 대해 세 개의 문장으로 글을 써보세요. 첫 번째 문장에는 구체적인 사실을 씁니다. 세 번째 문장에는 자신의 생각을 씁니다. 그 가운데 들어가는 두 번째 문장은 첫 번째와 세 번째를 연결하는 다리가 되겠지요. 구체적인 사실에서 시작한 이야기가 어떤 식으로 개념 혹은 관념이 되는지 살펴보세요. 추상적인 개념은 구체성이 바탕에 깔려 있을 때 힘을 얻게 됩니다.

. . . .

4. 글이 완성되면 또 한 장의 사진을 찍으세요. 그리고 마찬가지로 그 사진을 다양한 각도에서 보고 생각한 다음, 세 문장으로 이루어진 글을 쓰세요. 월요일부터 금요일까지, 하루 한 장의 사진을 찍고 한 편의 글을 쓰는 것입니다.

●

지난주의 과제가 계단을 하나씩 밟고 올라가는 것이었다면(꼭대기에 이르러 본 풍경은 어땠나요?), 이번 주의 과제는 평지를 천천히 걸어가는 것입니다. 지름길로 달려가도 좋고 샛길로 빠져 한눈을 팔아도 좋습니다. 추상적인 것을 구체적으로 표현하기 위한, '하루에 세 문장 쓰기'입니다.

국립국어원 표준대사전에 의하면 '문장'이란 "생각이나 감정을 말과 글로 표현할 때 완결된 내용을 나타내는 최소의 단위. 주어와 서술어를 갖추고 있는 것이 원칙이나 때로 이런 것이 생략될 수도 있다. 글의 경우, 문장의 끝에 '.', '?', '!' 따위의 문장 부호를 찍는다"라고 풀이되어 있습니다. 이를테면 "정말?"도 하나의 문장입니다. 세 문장으로 사진에 대해 이야기한다는 원칙을 지킬 수 있도록 노력해보세요. 생각을 정제하고 압축하여 표현하는 훈련입니다. 낙서로 시작하여, 제대로 된 문장, 좋은 문장으로 마무리해보세요. 수정과 탈고를 반복하고, 하루 정도 재워두었다가 다시 읽어보세요. 사전을 찾아보고, 맞춤법과 띄어쓰기에도 주의를 기울이세요. 세 개의 문장 안에 생각을 꼭꼭 눌러 담으세요.

●●●

사진은 반드시 스스로 찍어야 합니다. 예전에 찍어둔 사진보다 그 날 찍은 사진으로 글을 쓰세요. 점심 식사, 꽃과 나무와 풀, 책, 책상 위, 길을 걷다 만난 거리의 풍경, 버스 안에서 본 풍경, 지나치는 사람 등등 평소에 주목하지 않았던 것들을 카메라에 담고 그에 대해 생각해보세요.

●●●●

《생각이 나서》라는 책을 쓸 때 제가 시도했던 방법을 응용한 것입니다. 1년 정도 매일 사진을 찍고, 매일 글을 썼지요. 그중 일부와 이전에 쓴 글들을 다듬어 책에 실었습니다. 책을 갖고 계신 분들은 참고하시면 좋겠네요.

{monday}

{tuesday}

{wednesday}

{thursday}

{friday}

+ TIP 5 +

지식의 저주

친구들과 함께 간단한 게임을 해보세요. 우선 친구들을 두 그룹으로 나눕니다. 한 그룹에게 누구나 다 아는 노래 하나(예를 들면 〈학교종이 땡땡땡〉)를 고르게 하고, 리듬에 맞추어 책상을 두드리게 합니다. 다른 그룹은 그 소리를 듣고 무슨 노래인지 알아맞히는 거지요. 시작하기 전에 친구들에게 게임의 결과를 예상해보라고 하세요. 그리고 실제 결과와 비교해보세요. 이것은 '지식의 저주'라는, 다소 무시무시한 이름의 현상을 이해하기 위한 잘 알려진 실험입니다.

'어떤 사실을 알고 나면, 그 사실을 모르기 전의 상태로 결코 돌아갈 수 없는 현상'을 '지식의 저주'라고 부릅니다. 책상을 두드리는 이들은 이미 답을 알고 있기 때문에, '이렇게 쉬운 것을 어떻게 모를 수가 있을까' 하고 생각합니다. 하지만 답을 모르는 이들에게 그 소리는 그저 소음일 뿐이지요. 실제 실험 결과, 책상을 두드린 그룹의 80퍼센트는 '알아맞힐 것'이라고 했지만, 답을 맞힌 사람은 30퍼센트에 미치지 못했습니다.

나의 경험, 나의 기억에 대한 글을 쓸 때 흔히 걸리기 쉬운 저주입니다. 전후좌우와 맥락을 어디까지 설명해야 할까, 하는 고민을 불러오는 저주이기도 하지요. 너무 자세히 이야기하면 지루해지고, 걸러서 이야기하면 상대가 무슨 말인지 알아듣지 못합니다. 나는 이미 알고 있는 이야기이기 때문에, 그 이야기를 모르는 사람의 마음을 짐작할 수가 없으므로, 무엇을 넣고 무엇을 빼야 할지 모르게 되어버립니다.

이것은 말 그대로 '저주'라서, 벗어날 수 있는 방법은 없습니다. 시행착오를 거치며 전달하고자 하는 바를 아름답고 간결하게 다듬어가는 수밖에요. 세상에는 '지식의 저주'라는 것이 있어서, 어떤 경우에도 내가 하고자 하는 이야기를 100퍼센트 전할 수 없다는 사실을 아는 것만으로도 도움이 되겠지요. 강약에 주의하고, 감정을 담고, 리듬과 템포를 살려서, 책상을 두드려봅시다. 쿵쿵딱딱 쿵쿵딱.

+ **TIP 6** +

암시(suggestion)가 하는 일

음악적 재능이 뛰어난 내 친구 제롬 브루너는 언젠가 자기가 좋아하는 모차르트 음반을 턴테이블에 올려놓고 아주 즐겁게 들은 뒤 음반을 뒤집으려고 가보니, 음반을 아예 틀지도 않았다고 한다. 이것은 우리가 친숙한 음악일 때 종종 경험하게 되는 사례 가운데 극단적인 경우에 속한다. 라디오를 끄거나 곡이 끝났을 때에도 음악이 희미하게 들린다고 상상하면 마치 음악이 조용히 계속 연주되는 듯한 착각에 빠지게 된다.

• 올리버 색스, 《뮤지코필리아》 중에서

'화이트 크리스마스 효과'라는 실험이 있습니다. 아주 유명한(예를 들어 〈화이트 크리스마스〉) 노래를 튼다고 말하고 실제로 틀지 않았을 때, 일부 피실험자가 이 노래를 듣는(혹은 들었다고 생각하는) 현상입니다. 로버트 자토르의 '뇌 영상 기법을 통한 연구'에 의하면, '음악을 상상할 때 청각 피질은 음악을 들을 때처럼 활발하게 활성화된다'고 합니다.

'suggestion'이라는 단어는 '제안, 암시(시사), 기미(기색), 연상' 등의 의미를 가지고 있습니다. 뉘앙스는 조금씩 다르지만 '마음이 하는 일'이라는 공통점이 있네요. 마음이 제안하고 마음이 암시하고 마음이 기색을 내비치고 마음이 무엇을 연상합니다. 들리지 않는 음악이 들리고 보이지 않는 풍경이 보이고 몸과 마음이 그에 반응합니다. 우리의 마음이 쉽게 갈피를 잃어버리는 것은 언제 어디서나 어디로든 갈 수 있기 때문입니다. 솔직히 믿음직하진 않지만, 그 행로를 지켜보고 기록하는 일은 그래서 재미있고 신기하지요. 예기치 않은 이야기들이 무한하게 펼쳐지니까요.

만약 지금 당신이 〈화이트 크리스마스〉를 흥얼거리고 있다면, 당신의 마음은 기꺼이 즐겨 암시에 걸리는 스타일입니다. 이제 마음이 어디로 가서 무엇을 하는지 지켜보기만 하면 됩니다.

· WEEK 4 ·

행간으로
낙서하기

1. 누군가와 메시지를 주고받으세요. 시시콜콜 이야기하지 않아도 다 알아듣는 친구나 연인, 또는 자주 생각이 나고 자꾸 마음이 가는 누군가에게 안부를 묻거나 간단한 질문을 던지세요.

....

2. 주고받은 메시지를 노트에 옮겨 쓰세요. 행과 행 사이에는 충분한 간격을 두어야 합니다.

....

3. 실제로 주고받은 메시지와 메시지 사이, 다시 말해 행간을 당신의 상상력으로 채워보세요. 하지 않은 말, 할 수 없었던 말, 하고 싶었던 말, 듣고 싶었던 말을 써보세요. 그리고 각 문장을 따옴표 안에 넣으세요.

....

4. 마지막으로 대화와 대화 사이에 지문을 써보세요. 그 말을 할 때의 표정, 손짓, 두 사람이 있는 장소, 시간, 날씨 등을 상상하는 것입니다. 이것으로 영화나 드라마, 또는 소설 속의 한 장면이 완성됩니다.

국립국어원 표준대사전에 의하면 '행간(行間)'이란 "1. 쓰거나 인쇄한 글의 줄과 줄 사이. 또는 행과 행 사이. 2. 글에 직접적으로 나타나 있지 아니하나 그 글을 통하여 나타내려고 하는 숨은 뜻을 비유적으로 이르는 말"입니다. 이번 주 과제는 '직접적으로 나타나 있지 않지만 나타내려고 하는 숨은 뜻'을 찾아보는 것입니다. 글을 완성한 후에는 반드시 사전을 찾아 자신이 사용한 단어의 의미를 살펴보고 맞춤법, 띄어쓰기 등을 확인하세요.

'낙서하기' 시리즈의 마지막 과제입니다. "뭐해?", "어디야?", "자?" 같은 간단한 질문도 좋고, 그날 있었던 일에 대한 수다도 좋고, 순진하거나 어이없거나 우스운 이야기도 좋습니다. 짧은 메시지 사이에 숨어 있는 감정과 의미를 찾고, 비어 있는 부분을 상상으로 채워보세요.

{monday}

{tuesday}

{wednesday}

{thursday}

{friday}

How come?

어떤 사물을 볼 때, '그것이 무엇인가'가 아니라 '그것이 무엇이 될까'에 착안해야 한다. 그래야 사물을 전혀 다른 방식으로 활용할 수 있다.

• 로버트 루트번스타인·미셸 루트번스타인, 《생각의 탄생》 중에서

'어떻게(how)'와 '오다(come)'가 결합한 'How come'은 '어째서', '왜', '무슨 근거로'의 의미로 흔히 사용되지요. 가끔 이 말을 문자 그대로 번역해볼 때가 있습니다. '어떻게 오나?' 이 질문이 머릿속을 빙글빙글 돌기 시작하면 세상도 빙글빙글 돌아갑니다. 스쳐지나가는 저 사람은, 저기 서 있는 나무 한 그루는, 과일가게 한쪽에 놓인 사과는, 어디선가 들려오는 노랫소리는, 한 줌의 커피콩은, 누군가 남겨놓은 발자국은, 달려왔다 달려가는 바람은, 바람에 날려가는 종이 한 장은, 어떻게 시작되어 어떻게 내게 왔을까. 그리고 이제 어떻게 되는 걸까. 어디로 가야 하는지도 잊고, 약속도 잊고, 그 자리에 멈춰 서서 멍하니, 종이와 커피콩과 사과와 사람의 일생을 상상하게 되어버립니다.

"모든 사물은 은유다"라고 로버트 프로스트가 말했습니다. 하나의 사물이 품고 있는 시간과 공간을 읽어보세요. 누군가에게 받은 선물, 여행지에서 산 기념품, 어린시절에 가지고 놀던 인형 등에 이 질문을 던져보세요. 씨줄과 날줄을 들여다보고 역사와 우주를 짐작해보세요. 생각은, 또는 이야기는, 그곳에서 태어납니다.

세 줄의 낙서

매일, 꾸준히, 하루에 세 줄(또는 세 문장)만 쓰세요. 쉽다면 한없이 쉽고 어
렵다면 한없이 어려운 일입니다. 첫날이 가장 어려워요. 내일은 조금 쉬워
집니다. 물론 오늘을 빠뜨리지 않는다면 말이죠. 그런데 두 배로 쉬워지진
않습니다. 계속 쉬워지지도 않습니다. 티 안 나게 조금씩 쉬워지긴 하지만
그러다 문득 어려워지기도 합니다. 그런 날일수록 힘을 내야 합니다. 고비
를 넘을 때마다 앞으로 나가는 건 확실하니까요. 그런데 불공평하게도, 하
루를 빠뜨리면 다음 날은 두 배로 어려워집니다. 쉬워지는 게 더하기라면
어려워지는 건 곱하기랄까요. '아, 이거, 뭐랑 비슷한데?' 싶은가요? 그렇습
니다. 다이어트와 같은 케이스입니다. 빼기는 어렵지만 찌는 건 금방. 힘들
다고 하루 쉬면 요요 현상이 일어납니다.

　매일 쓰면 쉬워지는 이유는 간단합니다. 쓰는 게 습관이 되면 그 다음에
는 생각하는 게 습관이 됩니다. 여태 그냥 지나보낸 일도 아, 그래, 이거 오
늘 쓰면 되겠네, 어떻게 쓸까, 하고 마음속으로 문장을 만들어보게 되지요.
그게 익숙해지면 문장으로 생각하는 경지에 도달합니다. 생각을 정리할 필
요도 없이 그냥 글로 옮기기만 하면 됩니다. 물론 불행히도 며칠 쉬면 금세
원래대로 돌아갑니다. 외국에 나가 되든 안 되든 영어로 말을 하면 조금씩
익숙해지는데, 돌아오면 몽땅 까먹는 것과 비슷합니다.

　매일 꾸준히 쓰는 것보다 더 중요한 건, 아마 별로 없을 거예요.

Part 2
표현하기

'글을 어떻게 써야 할까?'
막연한 질문입니다. 하지만 글을 쓰고 싶어 하는 사람이라면
가장 먼저 부딪치는 질문이기도 하지요. 그리고 대답은 잔인할
정도로 냉정합니다. 어제까지 안 쓰이던 글이 오늘 갑자기
잘 쓰이는 일 같은 건 일어나지 않으니까요. 많이 쓰고, 자주
쓰고, 오래 쓰고, 꾸준히 쓰는 것 외에 다른 방도는 없습니다.
덧붙이자면 많이 보고, 많이 듣고, 많이 생각하고, 그 모든
것을 익히고 삭히고 묻고 다시 꺼내고… 그런 과정들도
필요합니다. 그런데 뭔가를 많이, 자주, 오래, 꾸준히 쓰려면
일단 뭔가를 쓰기 시작해야 하지요. 이렇게 해서 다시 처음
질문으로 돌아가게 됩니다. 글을 어떻게 써야 할까요?
'말문이 트이다'는 말이 있지요. '말문'은 '말을 꺼내는
실마리'입니다. 마찬가지로 '글을 꺼내는 실마리'도 있을
것입니다. 앞으로 4주 동안, 간단하고 유용한 실마리를
이용하여 '글문'을 열어보겠습니다.

· WEEK 5 ·

오감으로
표현하기

1. 하나의 대상을 고르세요. 좋아하는 음악, 영화, 책, 작가, 그림, 캐릭터, 음식 등 자신과 가까이 있는 것이면 됩니다.

....

2. 그 대상에 대해 다섯 가지 감각으로 표현하세요. 어떤 모습을 하고 있는지, 어떤 소리가 들리는지, 어떤 향이 나는지, 어떤 맛이 느껴지는지, 그리고 어떤 감촉인지. 여기에 육감을 더하여 '본능적인 느낌'을 덧붙이면 더욱 좋습니다.

....

3. 매일 한 편씩, 다섯 편의 글을 완성하세요.

'어떤 하나의 감각이 다른 영역의 감각을 일으키는 일. 또는 그렇게 일으켜진 감각'을 공감각(共感覺)이라고 합니다. 소리를 들으며 색깔을 보기도 하고 맛을 느끼기도 하는 '선천성 공감각'을 지닌 사람들이 있다고 하네요. 슈만의 〈트로이메라이〉를 들으며 눈으로는 푸른색을 보고 혀로는 박하 맛을 느끼는 식입니다. 이정도는 아니지만 우리에게도 다양한 감각들이 있습니다. 오감, 즉 '시각, 청각, 후각, 미각, 촉각의 다섯 가지 감각'이지요. 여기에 육감, 즉 '어떤 상황이나 일에 대한 정보 없이 그것에 대하여 예측되는 본능적 느낌'을 더할 수도 있고요.

● ●

글을 쓴다는 것은 어떻게 보면 3차원(또는 그 이상)의 세계를 2차원의 형식으로 표현하는 것입니다. 책을 읽는다는 것은 어떻게 보면 2차원의 형식으로 표현된 것을 3차원(또는 그 이상)의 세계로 인지하는 것입니다. 이번 주에는 하나의 대상이 가지고 있는 여러 성질을 오감으로 느끼고 표현해볼까요.

● ● ●

이번 주부터는 손글씨로 쓰지 않아도 좋습니다.

{monday}

{tuesday}

{wednesday}

{thursday}

{friday}

정답은 없다

'이렇게 하는 게 맞을까?', '과제를 제대로 이해하고 있는 걸까?' 고민 중이 신가요? 여기에 있는 과제들은 정답이 없는 질문입니다. 이 길로 가볼까, 저 길은 어떨까, 망설이고 걸음을 내딛고 다시 돌아오는 모든 과정들이 과 제를 이행하는 방식입니다.

제가 드리는 팁 역시 방향을 알려드리기 위해 나뭇가지에 매달아놓은 리본 같은 것입니다. 하지만 제가 알고 있는 방향과 다른 방향으로 가셔도 괜찮습니다. 그곳에서 아무도 보지 못한 것을 보고, 느끼고, 기록하며 기쁨 을 누리시기 바랍니다. 당신의 생각에 공감하는 누군가와 조우하는 즐거움 을 맛보시기 바랍니다. 생각의 열매를 익히기 위해서는 수많은 시행착오와 기다림과 노력, 무엇보다 시간이 필요합니다. 당신이 지금 가고 있는 그 길 이, 당신의 길입니다.

딱히 불행해지고 싶은 게 아니라면, 타인의 글과 자신의 글을 비교하지 마세요. 그러다 보면 아무것도 쓸 수 없게 됩니다. 셰익스피어처럼 쓸 수는 없지만, 셰익스피어가 쓰지 못했던 글을, 당신은 쓸 수 있습니다.

+ TIP 10 +

체화의 힘

달이 빛난다고 말해주지 말고, 깨진 유리조각에 반짝이는 한줄기 빛을 보여줘라.

• 안톤 체호프

'체화(體化)', 몸 체(體)와 될 화(化)가 만난 이 단어는 "1. 물체로 변화함. 또는 물체로 변화하게 함. 2. 생각, 사상, 이론 따위가 몸에 배어서 자기 것이 됨"이라는 의미를 가지고 있습니다. 생각이 물체로, 그러니까 보이지 않는 것이 보이는 상태로 바뀌는 것이지요.

글을 쓴다는 것은 보이지 않는 것을 보이는 것으로 바꾸는 일일지도 모릅니다. 라이먼 프랭크 바움은 《오즈의 마법사》에서, 도로시와 친구들이 찾아간 에메랄드 시를 이렇게 설명합니다.

"노란 벽돌길이 끝나는 곳에 커다란 성문이 있었다. 성문에는 햇빛을 받아 찬란하게 빛나는 에메랄드가 가득 새겨져 있어서, 그 광채에 허수아비의 물감으로 칠한 눈마저 부실 정도였다. 성문 옆에는 초인종이 달려 있었다. 도로시가 초인종을 누르자 안에서 딸랑거리는 은방울 소리가 나더니, 성문이 천천히 열렸다. 도로시가 그 문을 통해 안으로 들어가보니, 그곳은 큰 방이었다. 천장은 둥근 모양이고, 벽에는 헤아릴 수 없이 많은 에메랄드가 반짝이고 있었다."

이 묘사를 통하여, 우리는 보이지 않는(실제로 존재하지도 않는) 에메랄드

시를 볼 수 있게 됩니다.

풍경이나 인물뿐 아니라 감정의 상태나 생각 등도 마찬가지입니다. 로댕은 자신의 조각품 〈생각하는 사람〉에 대해 이렇게 이야기했습니다.

"〈생각하는 사람〉을 '생각하는 사람'으로 만드는 것은 무엇인가? 그의 머리, 찌푸린 이마, 벌어진 콧구멍, 앙다문 입술만이 아니다. 그의 팔과 등과 다리의 모든 근육, 움켜쥔 주먹, 오므린 발가락도 그가 생각 중임을 나타낸다."

그러니까 로댕은 '생각'을 '몸'으로 표현한 것입니다. 이것이 '체화'라고 할 수 있겠지요. 백문불여일견(百聞不如一見), 백 번 듣는 것보다 한 번 보는 것이 낫고, 직접 경험해야 확실히 알 수 있습니다. 보이지 않는 것을 보여주기 위해서는 몸이 느끼는 모든 감각을 동원해야겠지요. '에메랄드 시는 멋지다' 대신 풍경을 자세히 묘사하고, '그는 생각하고 있다' 대신 움켜쥔 주먹을 보여주어야겠지요. 내가 느끼는 것을 이야기하기 위해서는 '내가 느끼는 것을 함께 느끼지 못하는 상태'를 이해해야겠지요. '지식의 저주'를 극복해야겠지요.

오감을 전하기 위해 오감의 부재를 상상해봅니다. 예를 들어, 이런 질문들은 어떨까요.

시각장애인에게 노란색을 어떻게 설명하면 좋을까요? 청각장애인에게 파도소리를 어떻게 옮길 수 있을까요? 감기에 걸려 냄새를 맡지 못하는 친구에게 지금 당신이 마시고 있는 와인의 향기를 어떻게 전할 수 있을까요?

직유법으로
표현하기

1. 월요일
'나는 외롭다'를 직유법으로 표현해보세요. 이 문장을 넣어서 짧은 글 한 편을 완성하세요.

....

2. 화요일
'나는 슬프다'를 직유법으로 표현하고, 이 문장을 넣어 짧은 글 한 편을 쓰세요.

....

3. 수요일
'너는 자유롭다'를 직유법으로 표현하고, 이 문장을 넣어 짧은 글 한 편을 쓰세요.

....

4. 목요일
'그(또는 그녀)는 멋지다'를 직유법으로 표현하고, 이 문장을 넣어 짧은 글 한 편을 쓰세요.

....

5. 금요일
'우리는 다정하다'를 직유법으로 표현하고, 이 문장을 넣어 짧은 글 한 편을 쓰세요.

●

비슷한 성질이나 모양을 가진 두 사물을 '같이', '처럼', '듯이'와 같은 연결어로 결합하여 직접 비유하는 수사법을 '직유법'이라고 합니다. 이번 주에는 직유법을 이용하여, 추상적 개념을 구체적으로 표현해보는 과제입니다. 이 과제는 지난주의 '오감으로 표현하기'의 연장이라고 할 수 있습니다. 추상적인 관념 대신, 팔딱팔딱 뛰어오르는 구체적인 감각으로 감정을 표현해보는 것입니다. 외로움의 형체, 슬픔의 냄새, 자유의 촉감, 멋의 소리, 다정함의 맛을 상상해보세요. 손에 잡힐 듯 생생하게, 익숙하거나 낯설게, 관념과 감각을 연결해보세요('바람처럼 자유롭다' 같은 지겨운 비유는 안 돼요!).

●●

책을 읽다가 좋은 비유가 나오면 옮겨 적어보세요. 그 비유에 담긴 감각을 온몸으로 느껴보세요. 제가 지금 읽고 있는 미야베 미유키의 《퍼펙트 블루》에는 이런 비유들이 나옵니다.

"두 사람은 유원지의 범퍼카처럼 사사건건 충돌했다."

"그의 얼굴이 유리잔 속 얼음이 녹듯 천천히 풀어졌다."

"억양 없는, 미지근한 목욕물 같은 목소리가 대답했다."

●●●

미리 말씀드리면, 다음 주의 과제는 은유법이 아닙니다. 그러므로 이번주 과제에 직유법과 함께 은유법도 사용해보세요. 우리는 WEEK 2 '단어로 낙서하기'에서, 단어 사이의 공통점을 찾는 훈련을 이미 한 적이 있습니다. 이것을 은유법에 적용해보세요. 예를 들어 '사랑은 감기다'라고 쓰고 '사랑'과 '감기'의 공통점을 이야기하면 어떨까요.

{monday}

{tuesday}

{wednesday}

{thursday}

{friday}

단 한 사람

사람들은 모두 서로 다른 것을 원하기 때문에, 모든 사람들의 마음에 들 수는 없는 거야. 살아가다 보면 어느 쪽을 기쁘게 할지를 결정해 야 하지.

• 필립 K. 딕, 〈재능의 행성〉 중에서

'어떻게 말을 꺼내야 할지 모르는 막연함'은 글을 쓰기 위해 자리에 앉았을 때도 찾아옵니다. 이때 사용할 수 있는 매우 유용한 팁이 있습니다.

지금, 당신이 하려는 이야기를 들어주었으면 하는, 단 한 사람을 떠올리세요.

어떤 음악을 들으면서 '아, 그 사람하고 함께 듣고 싶다'라거나, 어떤 영화를 보면서 '그 사람이라면 이 영화를 좋아할 텐데'라거나, 어떤 책을 읽으면서 '그 사람에게 이 책을 선물해야지' 같은 생각을 해본 적이 있겠지요? 바로 그 사람에게 이야기하는 기분으로 글을 써보세요.

어디서 무얼 하고 사는지 알 수도 없는, 임의의 독자들에 대해서는 까맣게 잊으세요. 그리고 지금 이 순간, 당신이 하고 있는 생각, 당신이 느끼는 감정을 전하고 싶은 단 한 사람에게 집중하세요. 당신의 이야기를 듣기 위해, 그 사람은 반짝반짝 눈을 빛내며 귀를 기울이고 있습니다. 이제, 말을 건네볼까요.

고치고 고치고 고치고

"모든 텍스트의 초안은 끔찍하다. 글을 쓰기 위해서는 죽치고 앉아 쓰는 수밖에 없다. 나는 《무기여 잘 있거라》를 마지막 페이지까지 서른아홉 번 새로 썼다."

어니스트 헤밍웨이가 한 말입니다. 《노인과 바다》로 노벨문학상까지 받았던 그가 책상 앞에 앉아 자신의 문장을 끝없이 다듬고 고치고 다시 쓰는 모습을 상상해봅니다. 그 시절에는 컴퓨터 비슷한 것도 없었을 테니, 굳은살이 박힌 손가락으로 산더미 같은 종이를 뒤적였겠지요. 결코 짧지 않은 그 소설을 서른아홉 번 새로 쓸 수 있는 용기와 인내, 그것이 그 위대한 작가의 재능이라고 저는 생각합니다.

그 정도는 아니지만, 저 역시 책 한 권을 내기 전까지 최소 스무 번 이상 교정을 봅니다. 그럼에도 불구하고 책이 나오고 나면 아쉬운 것들이 눈에 들어오지요. 지금까지 쓴 글들을 다시 한 번 읽어보고, 마음에 들 때까지 고쳐보세요. 새로운 글을 한 편 쓰는 것보다, 이미 쓴 글을 고치면서 더 많은 것을 얻을 수 있습니다.

1. 불필요한 단어('아주' '매우' '가장' 같은)가 없는지 살펴보고, 습관적으로 반복하여 사용하는 단어가 무엇인지 살펴보세요. 이런 부분은 과감하게 덜어내세요.

2. 제3자의 입장에서 읽어보세요. 의도하지 않았던 모호한 표현으로 혼란을 주고 있는 건 아닌지 따져보세요. 이런 부분들을 선명하게 고치세요.

3. 문장의 순서를 바꿔보세요. 첫 문장은 모르는 사람에게 건네는 첫인사와 같습니다. 첫인사가 평범하다면 상대는 당신에게 관심을 가지지 않겠지요. 호기심을 불러일으키는 문장을 처음으로 가져온다거나, 마지막 문장을 처음으로 가져온다거나, 여러 방식으로 이야기의 순서를 다시 잡아보세요.

4. 비문, 즉 문법에 맞지 않는 문장을 바로잡으세요. 사전을 참고하여 맞춤법과 띄어쓰기가 제대로 되어 있는지 확인하세요. 좋은 문장을 구사하는 작가들의 책을 정독하면 도움이 됩니다.

5. 초고를 쓰고 나서 충분한 시간이 지난 다음 다시 들여다보세요. 24시간 후, 일주일 후, 한 달 후에는 다른 것이 보입니다. 저는 이것을 '글을 재운다'고 표현하는데, 마감이 있는 짧은 원고를 쓸 때는 늦어도 마감 사흘 전까지 초고를 완성하고, 일단 24시간을 재워둡니다. 남은 이틀 동안 고치고 고치고 고치고…. '죽치고 앉아서 쓰는 수밖에', 다른 도리는 없습니다.

· WEEK 7 ·

행동으로
표현하기

1. 자신이 잘 알고 있는 인물 한 사람을 정하세요. 가족이나 친구도 좋고, 역사적인 인물이나 소설 또는 영화 속 인물도 좋습니다.

....

2. 그 인물의 하루 일과를 글로 써보세요. 아침에 일어나 잠들기 전까지, 관찰자의 시선으로 그 인물을 바라보는 것입니다.

....

3. '그(또는 그녀)는 이렇게 생각했다' 대신 행동으로 인물의 생각을 표현하세요. 감정의 상태 역시 그 인물의 움직임으로 나타내보세요.

....

4. 월요일부터 금요일까지, 매일 세 문장 이상을 쓰세요. 마지막 날, 지금까지 쓴 글을 다시 한 번 살펴보고 수정과 퇴고를 거친 후 완성하세요.

아리스토텔레스의 《시학》에 따르면, 행동은 사람, 곧 인물보다 중요합니다. '이야기는 반드시 행동에 의한 것이어야 하며, 행동은 실제 우리 삶보다 거대할 뿐만 아니라, 그 삶을 함께하는 사람보다 위대하다'고 그는 말합니다. 우리가 어떤 인물을 떠올릴 때, 그가 무엇을 행했는지, 무엇을 이루었는지, 또는 어떤 실패를 겪고 이겨냈는지를 두고 판단하게 됩니다. 그 사람의 사상 역시, 행동과 대화로 이루어진 에피소드를 통하여 알게 됩니다. 이번 주 과제는 한 인물의 일과를 행동으로 표현해보는 것입니다. 희곡이나 시나리오의 지문처럼, '그는 초조하다' 대신 '그는 두 손을 비비며 이리저리 서성거린다' 같은 식으로 묘사해보세요. 픽션도 좋고 논픽션도 좋습니다. 당신의 인물을 움직이게 하세요.

●●

월요일부터 금요일까지 한 편의 글을 이어서 쓰는 것입니다. 월요일에는 '일어나서 식사 전까지' 인물의 행동, 화요일에는 '식사부터 외출 전까지' 인물의 행동, 같은 식으로 나눠서 써보세요. 매일, 꾸준히 쓰는 것이 중요합니다.

●●●

인물의 '생각'은 사용하지 않도록 하세요. 인물의 '대사(대화, 독백, 방백)'는 허용됩니다. 대사와 지문으로 구성된, 짧은 대본을 쓴다고 생각하시면 됩니다.

●●●●

즐겨보는 드라마가 있다면, 그 드라마의 한 장면을 글로 옮겨보세요. 대사를 할 때의 행동, 대사와 대사 사이의 행동을 세밀하게 묘사해보세요. WEEK4 '행간으로 낙서하기'와 WEEK5 '오감으로 표현하기'를 떠올려보세요. 행간에 숨어 있는 생각을 먼저 찾아내고, 그 생각을 구체적인 행동으로 바꾸는 것입니다. 이런 방식으로 연습을 한 다음, 당신의 인물로 이야기를 만들어보세요.

이것은 말 그대로 연습을 위한 것입니다. 과제는 기존의 영화나 드라마를 글로 옮긴 것이 아닌, 당신의 순수한 창작물이어야 합니다.

{monday}

{tuesday}

{wednesday}

{thursday}

{friday}

권장도서

여행을 함께하시는 분들을 위한 몇 권의 책들과 지극히 주관적인 첨언입니다. 목록에는 없지만 제가 유난히 사랑하는 책은 J. D. 샐린저의 단편집들입니다. 《아홉 가지 이야기》, 《목수들아, 대들보를 높이 올려라》, 《프래니와 주이》. 안타깝게도 이 세 권이 전부입니다. 특히 이번 과제에 많은 도움이 되는 책들입니다.

아래 목록에는 문학, 우주, 수학, 역사 등에 관한 책들이 포함되어 있습니다. 이런 분야에 관한 책들은 무지하게 많지만 평생 접하지 못하는 경우도 있지요. 이 책들은 하나의 세계로 들어서는 '문'과 같습니다. 이 문을 통해 더 깊이 들어가느냐 마느냐는 각자에게 달려 있지요.

이외에 《그리스 로마 신화》를 권합니다. 신화는 이야기의 원형이고, 오랜 시간 사람에서 사람으로 전해져 오며 특정한 힘을 얻게 된 이야기입니다. 그리스 로마 신화에 관한 책은 여러 권이 나와 있는데, 문장보다 이야기 자체가 중요한 것이므로, 어떤 버전으로 봐도 좋습니다. 개인적으로는 구스타프 슈바브의 책을 추천합니다. 사적인 감상 없이 오로지 있는 그대로 서술한 버전입니다. 하지만 그런 이유로 딱딱하기도 하고, 절판된 책도 있습니다.

아마 이윤기 선생의 책이 잘 읽힐 겁니다. 하지만 작가의 가치관이 개입되어 있어 글을 쓰는 사람들에게는 오히려 방해가 되는 부분이 있습니다. 만화나 잘 읽히는 책으로 시작하여 사실만을 기술한 책으로 옮겨가는 방법도 있습니다. 이 책들을 읽고 나서 아래 소개한 조셉 캠벨의 《천의 얼굴을 가진 영웅》을 보시면 좋습니다.

자신의 영역을 확장시키고 깊이를 더하고 싶다면 이런 분야의 책들도 애를 써서 읽기를 권합니다.

대답보다 질문이 중요하고, 쓰는 것보다 읽은 것이 우선이라고 저는 믿고 있습니다. 좋은 책들과 함께 남은 여정도 즐거우시길.

• 해럴드 블룸, 《세계문학의 천재들》 | 들녘, 2008 |

그들의 서재에 한발을 들여놓는 순간. 당신은 시대와 우주의 일부분을 간섭하게 된다.

• 조지프 캠벨, 《천의 얼굴을 가진 영웅》 | 민음사, 2018 |

그렇다. 그의 말대로 탄생만이 죽음을 정복할 수 있다. 영웅은 생명의 흐름을 풀어 다시 한 번 세계의 몸속으로 흘러가게 한다. 우리는 바로 그 속에 존재한다.

• 앨런 라이트맨, 《아인슈타인의 꿈》 | 다산책방, 2009 |

시간에 관한 아름답고 특별한 서른 가지 꿈.

• 헤르만 헤세, 《정원 일의 즐거움》 | 이레, 2001 |

세계는 우리에게 아무것도 주지 않는다. 그렇다면 우리는 삶에서 무엇을 구해야 할까.

- **칼 세이건, 《에필로그》** | 사이언스북스, 2001 |

우주의 크기는 수십 억의 수십 억. 당신은 그것에 대해 질문을 던질 용기를 가지고 있는가.

- **미카엘 엔데, 《끝없는 이야기》** | 동서문화사, 2007 |

'현실 속에서도 지겹도록 겪고 있는데 무엇 때문에 그런 이야기를 또 읽어야 한담?'이라고 생각하고 있는 당신을 위해.

- **아고타 크리스토프, 《존재의 세 가지 거짓말》** | 까치, 2014 |

과거와 현재, 상상과 현실, 비밀과 거짓말의 경계가 모두 무너진다.

- **사이먼 싱, 《페르마의 마지막 정리》** | 영림카디널, 2014 |

수학은 확실하다. 다만 증명할 수 없는 것이 존재할 뿐이다. 그래도 증명을 위한 노력은 계속되어야 한다. 정답을 아는 것보다 정답에 이르는 길을 이해하는 것이 중요하기 때문이다. 그런 세상이어야 하기 때문이다.

- **사이먼 배런코언, 《그 남자의 뇌, 그 여자의 뇌》** | 바다출판사, 2008 |

남자와 여자는 이렇게 다르다. 나와 너는 이토록 다르다. 거기에서 출발하지 않으면 접점은 없다.

- **제인 오스틴, 《오만과 편견》** | 민음사, 2003 |

이 시대는 상대에 대한 정보를 전혀 모르는 상태에서 순간적인 판단으로 호감과 비호감을 결정해야 하는 스피드데이트와 같다. 나는 정해진 테이블 앞에 앉아 있는데, 상대는 30초마다 바뀐다. 우리는 선택받기 위해 트렌드와 대중의 심리를 연구하고, 사람들의 마음을 파고들기 위한 전략을 구상한다. '뭐가 되었든, 비열하기도 한 (귀여운) 술책'을 한 수 배우고 싶다면.

• C.S.루이스, 《헤아려본 슬픔》 | 홍성사, 2004 |

누구나 치명적으로 슬프다. 누구나 삶을 의심한다. 누구나 흔들린다. 우물 같은 슬픔에 잠겨 당신은 무엇을 구하고 누구의 이름을 부르는가.

• 빌 브라이슨, 《거의 모든 것의 역사》 | 까치, 2003 |

우리는 전부를 알 수 없다. '거의 모든 것'이 '거의 진실'이라고 확신할 수도 없다. 그래도 알아간다는 것은 환희이고 기쁨이고 창조물의 권리이자 의무다.

• K.C.콜, 《우주의 구멍》 | 해냄, 2002 |

우주 안에 무(無)가 있고 인간의 마음에도 무가 있다. 무는 아름답다. 우리는 모두 그곳에서 시작되었다.

다른 시각으로
표현하기

1. 월요일

자신에게 익숙한 사물 하나를 고르세요. 항상 몸에 지니고 다니는 물건, 추억이 깃든 물건, 혹은 평소 눈여겨보지 않았던 물건도 좋습니다. 그 물건의 입장에서 글을 써보세요.

....

2. 화요일

좋아하는 꽃이나 나무, 과일 등 식물 한 가지를 고르세요. 그 식물의 입장에서 글을 써보세요.

....

3. 수요일

좋아하는 동물 한 가지를 고르세요. 그 동물의 입장에서 글을 써보세요.

....

4. 목요일

어린시절 읽었던 동화 한 편을 고르세요. 〈아기돼지 삼형제〉, 〈백설공주〉, 〈푸른 수염〉처럼 널리 알려진 이야기가 좋습니다. 동화에서 주인공을 제외한 인물(또는 동물 또는 사물)을 하나 골라, 그 캐릭터의 시점에서 글을 써보세요.

5. 금요일

친구나 가족 중, 최근 당신과 다툼 또는 갈등이 있었 던 사람의 입장에서 글을 써보세요.

"작가는 묘사하고 있는 인물 속으로 들어가야 한다. 그의 몸속으로 들어가서 그의 눈으로 세상을 보고 그의 감각으로 세상을 느껴야 한다." 알퐁스 도데의 말입니다.

"감정이입은 자신의 느낌을 가지고 어떤 대상, 예컨대 기둥이나 수정 혹은 나뭇가지, 심지어 동물이나 사람들의 동적인 구조 속으로 미끄러져 들어가고자 하는 것이며, 스스로의 근육감각을 통해 대상의 짜임새와 움직임을 이해하여 그 구조를 내부에서부터 추적해가고자 하는 것이다. 감정이입은 자신의 위치를 '여기'에서 '저기'로, 혹은 '저 안으로' 옮겨놓고자 하는 것이다." 철학자 마르틴 부버의 말입니다.

● ● ●

"사람이 새로운 이해를 얻을 수 있는 가장 유용한 방법은 '공감적인 직관' 또는 '감정이입'이다. 문제 속으로 들어가서 그 문제의 일부가 되어버리는 것이다." 철학자 칼 포퍼의 말입니다.

● ● ● ●

이번 주의 과제는 내가 아닌 다른 무엇이 되어보는 것입니다. 그 '무엇'의 안으로 들어가 '무엇'의 감각으로 세상을 느끼고 '무엇'의 문제에 대해 '무엇'의 입장에서 고민해보세요.

{monday}

{tuesday}

{wednesday}

{thursday}

{friday}

이야기 단추

이런 이야기를 하고 싶다, 생각하며 첫 문장을 쓰고 나서 어떻게 이어가야 하나, 우물쭈물한 적이 있나요? 가까스로 두 번째, 세 번째 문장까지 쓰긴 했는데 그 다음을 어떻게 풀어야 하나, 막연해진 적이 있나요? 이야기가 실타래처럼 술술 풀려나오는 대신 제 껍질 속으로 기어들어가는 달팽이처럼 자꾸 숨어버린다는 기분이 들 때가 있나요?

이때 당신이 해야 할 일은 한 가지, 지금까지 쓴 글을 말끔하게 지우고 새로 시작하는 것입니다. 그 문장들 안에 뭔가 좋은 것, 뭔가 멋진 것이 있는 것 같아 아깝고 아쉽더라도, 냉정하고 과감하게 던져버리세요. 이야기의 첫 단추를 잘못 끼웠다는 증거니까요. 그렇게 시작된 이야기는, 처음부터 잘못 재단된 옷처럼 애를 쓰고 완성을 해도 쓸모가 없을 가능성이 매우 높습니다.

이야기를 중간 정도까지 엮어갔는데, 그 다음 길이 도통 보이지 않을 때도 있습니다. 당신이 거기까지 오는 도중 어딘가에서 길을 잘못 들었기 때문입니다. 처음으로 돌아가서 매끄럽지 않은 연결, 들어맞지 않은 이음새를 찾아보세요. 이 정도면 되겠지, 하고 모른 척 넘어갔던 부분부터 다시 시작해야 합니다.

이야기를 마무리하는 단계에서, 눈앞에 거대한 벽이 서 있는 듯한 좌절을 느낄 수도 있습니다. 처음부터 당신이 하려고 했던 이야기가 무엇인지 몰랐을 수도 있고, 역시 노중에서 길을 잃었을 수도 있습니다.

단추는 잘못 끼운 데부터 끌러서 다시 맞춰야 하는 것처럼, 이야기도 마찬가지입니다. 어쩌면 쓰는 일보다 이미 쓴 글을 버리는 일이 어려울지도 모릅니다. 하지만 무언가를 짓는 일이 그렇습니다. 밥을 짓고, 옷을 짓고, 집을 짓는 시작과 도중과 마무리에 뭔가 잘못된 것이 있으면, 밥도 옷도 집도 완성이 되지 않겠지요. 그래서 글도 '짓는다'는 동사와 짝을 이루는 건 아닐까요.

'짓다'의 뜻 중에는 "이어져 온 일이나 말 따위의 결말이나 결정을 내다"라는 것도 있습니다. 이야기의 마무리를 '지을' 수 없다는 것은, 이야기가 '이어져' 오지 않았다는 의미겠지요. 버린 글이 아까울 이유도, 아쉬울 이유도 없습니다. 한 번 뱉은 말은 돌이킬 수 없지만, 글은 얼마든지 다시 쓸 수 있습니다. 얼마나 다행인가요.

Part 3

이야기하기

'낙서하기'와 '표현하기'를 지나

이야기 여행의 마지막 단계인

'이야기하기'로 접어들었습니다.

지금까지의 과제들을 떠올리면서

세상에 존재하지 않았던, 당신만이 할 수 있는

이야기를 들려주세요.

· WEEK 9 ·

그림으로
이야기하기

1. 월요일

마음에 드는 그림 한 장을 고르세요. 추상화, 초상화, 정물화보다 한 사람 이상의 인물과 배경이 함께 있는 그림이 좋습니다. 그림을 그린 화가와 그 그림이 그려진 시기, 그림에 얽힌 역사적 에피소드 등을 찾아서 정리하세요.

....

2. 화요일

그림을 글로 묘사하세요. 이 그림을 볼 수 없는 누군가에게 이야기한다고 생각하면서, 자세하고 객관적으로 설명해보세요.

....

3. 수요일

그림 속 인물(또는 인물들)에 대해 이야기해보세요. 그(또는 그녀)는 어떤 사람인지, 어떻게 살아왔는지, 지금 무엇을 하고 있는지, 어떤 생각과 감정을 갖고 있는지 등에 대해 상상하고 글로 옮겨보세요.

4. 목요일

인물(또는 인물들)과 배경을 결합하여 이야기를 만들어보세요. 배경 속에서 인물이 움직이게 해보세요. 인물이 할 수 있는 말과 행동에 대해 써보세요.

....

5. 금요일

인물이 그림 밖으로 걸어나갔을 때 일어날 수 있는 일에 대해 써보세요. 목요일의 이야기가 인물의 '현재'에 대한 것이라면, 오늘의 이야기는 인물의 '미래'에 대한 것입니다. 이번 주에 쓴 글을 모아, 한 편의 짧은 이야기를 만들어보세요.

●

평소 그림에 관심을 두지 않아 어떤 것을 골라야 할지 막연하다면, '세계의 명작' 등의 키워드로 검색하여 하나하나 훑어보세요. 유난히 눈길이 가는 그림, 뭔가 말을 거는 듯한 그림을 선택하세요.

●●

그림에 대한 객관적인 사실에서 출발하세요. 화가의 생애, 시대적 배경 등을 조사하고 필요하다면 그 시대를 배경으로 한 책들을 찾아보세요. 그런 다음 그림에 집중하세요. 전화기에 저장하거나 프린트하여, 틈날 때마다 들여다보세요. 작은 부분을 확대하여 보고, 몇 걸음 떨어져 전체를 살펴보세요. 인물의 표정, 옷과 장신구, 소품과 배경, 바탕색 등을 하나하나 짚어보며 화가의 의도를 짐작해보세요. 인물과 당신이 친근한 관계라고 상상해보고, 그 인물과 당신이 함께 있다고 가정해보세요. 혹은 당신이 그 인물 자체가 되었다고 생각해보세요. 2차원 속에 있는 인물을 3차원으로 데려와보세요. 인물의 감정과 감각, 움직임, 탄생에서 죽음에 이르는 길을 그려보세요. 그리고 그림 속에 있는 '지금 이 순간'에 대해 이야기를 만들어보세요.

●●●

제 책 중 《그림 같은 세상》, 《그림 같은 신화》, 《눈을 감으면》에
는 그림을 모티브로 한 글들이 실려 있습니다. 도움이 되면 좋겠
습니다. 자신이 좋아하는 사진이나 음악으로도 이야기를 만들어
보세요.

{monday}

{tuesday}

{wednesday}

{thursday}

{friday}

숨겨놓은 폭탄

사람들로 붐비는 레스토랑, 어느 테이블 아래 시한폭탄이 붙어 있습니다. 분주하게 오가는 웨이터들의 발걸음 소리, 와인잔이 부딪치고 접시가 달그락거리는 소리, 다정하거나 무심한 목소리와 웃음소리 속에, 째깍째깍 움직이는 폭탄의 초침소리가 묻혀 있습니다. 폭탄은 어떻게 될까요? 폭탄에 의해 희생될지도 모를, 저 테이블에 앉아 있는 사람들은 누구일까요? 폭탄을 설치한 사람은 어디 있을까요? 그의 목적은 무엇일까요?

폭탄의 존재를 알고 있는 우리는, 이 이야기가 끝날 때까지 자리를 뜰 수 없습니다. 폭탄이 터지는지 터지지 않는지, 터진다면 누가 죽고 누가 살아남는지, 죽은 자와 남은 자는 어디에서 왔으며 어디로 가려 했는지, 폭탄을 설치한 범인은 어떤 사람인지, 그는 어떻게 잡힐지 혹은 영원히 사라질지. 이 모든 것들이 너무나 궁금하니까요.

시한폭탄은 미스터리소설이나 스릴러영화에만 있는 것이 아닙니다. 로맨틱 코미디에서의 비밀이나 거짓말 또는 다양한 갈등의 요소들은 '저들의 사랑은 이루어질까 아니면 헤어지게 될까' 궁금하게 만듭니다. 평범한 생활을 바꾸게 하는 사소한 일들, 이를테면 어느 날 갑자기 배달된 수상한 택배상자, 길을 걷다가 주운 누군가의 휴대폰 같은 것들도 폭탄이 될 수 있습니다. 어느 영화감독은 '테이블 아래 숨겨놓은 권총'의 예를 들었습니다. 두 사람이 마주 앉아 대화를 나누는 평범한 장면이라도, 테이블 아래 권총이 있으면 긴장감이 높아진다는 거지요. 아무 내용도 없는 대화가 은유로 가득해지고, 잠깐의 침묵에 밀도 높은 행간이 스며듭니다.

하나의 이야기를 고치고 다듬으면서, 그 이야기를 끝까지 읽게 만들 만한 '시한폭탄'을 장치해보세요. 폭탄의 효과를 극대화하려면, 그 존재를 이야기의 초입에 밝히는 것이 좋겠지요. 그리고 마지막에는 폭탄을 해결해야 합니다. 기껏 숨겨두고 아무것도 하지 않는다면, 이야기를 듣던 사람들이 화를 낼지도 모르니까요.

폭탄은 반드시 터져야 하고, 누군가는 반드시 죽어야 한다는 말은 아닙니다. 만약 마지막까지 아무도 알아차리지 못한 폭탄이 있다면, 그럴 수밖에 없었던 놀라운 이유가 있어야겠지요.

도움이 되기는커녕, 머리만 복잡해지는 팁일지도 모릅니다. 하지만 결과가 어떻게 되든 한 번 시도해볼 만한 가치는 있다고 생각합니다. 의외로 재미있을지도 몰라요.

인물로
이야기하기

1. 버스나 지하철, 도서관이나 카페 등에서 타인을 관찰하세요.

....

2. 그 인물의 모습, 옷차림, 버릇 등 객관적인 사실을 기록하세요.

....

3. 그 인물의 과거와 현재, 그리고 미래를 상상하여 묘사하세요.

....

4. 그 인물이 지금 무엇을 원하고 있을지 상상해보세요.

....

5. 이런 방식으로 매일 한 명의 인물을 관찰하고, 그 인물에 대한 이야기를 써보세요.

지난 과제의 주인공은 그림 속 인물이었지요. 이번 과제의 주인공은 당신의 눈앞에 있는 바로 그 사람입니다. 평생 눈인사조차 나누지 않을 타인, 하지만 그 역시 자신이 주인공인 인생을 살아가고 있을 것입니다. 당신의 상상력과 통찰력으로, 그 사람을 특별하게 만들어보세요. 누군가를 미소짓게 만들거나, 누군가의 마음을 말랑하게 만들거나, 사소한 혹은 묵직한 여운을 남길 만한 짧은 이야기를 지어보세요.

{monday}

{tuesday}

{wednesday}

{thursday}

{friday}

기분전환 문장놀이

'글을 쓰는 일이 점점 어려워진다'는 생각이 혹시 드시나요? 그만큼 생각이 많아지고 깊어지기 때문입니다. 소비가 아니라 생산을 하기 위해, 관찰이 아니라 창조를 하기 위해 껴안아야 하는 과정입니다.

세상에 존재하지 않았던 무엇을 만들어내느라 분주한 당신을 위해, 가벼운 놀이 하나를 선물로 드립니다.

종이 한 장을 반으로 접으세요. 왼쪽 면에는 자신이 좋아하는 단어들을 잔뜩 씁니다. 예를 들면 하늘, 사랑, 그리움, 날개, 아이스크림, 자전거, 십일월 등등. 오른쪽 면에는 용언(문장에서 서술어의 기능을 하는 동사, 형용사)을 채워넣습니다. 예를 들면 달리다, 슬프다, 마시다, 버리다, 말하다, 투명하다, 아름답다 등등. 이제 왼쪽에서 단어 하나를 골라 오른쪽의 용언 하나를 붙여보세요. 흔히 쓰지 않는 조합을 피하고('하늘은 아름답다' 같은 건 재미없으니까요), 익숙하지 않게, 낯설게 결합해보세요.

그리움은 달린다, 십일월을 버린다, 하늘과 마신다…

명사 뒤에 붙는 조사도 다양하게 바꾸어보세요. 틈날 때마다 더 많은 단어와 용언을 쓰면서 말들을 수집해보세요. 그 말들에 의해 임의로 만들어진 문장을 들여다보면서, 문장의 모양과 냄새와 맛과 촉감과 소리를 짐작해보세요. 어휘력을 키우고 오감과 상상력을 확장하는 놀이를 즐겨보세요. 친구 또는 아이들과 함께하면 더 재미있답니다(한 사람은 단어를, 다른 사람은 용언을 선택하여 붙여보세요).

· WEEK 11 ·

질문으로
이야기하기

1. 세 가지 질문을 쓰세요. 처음 만난 사람, 익히 알고 있는 사람, 역사 속의 인물, 책 속의 인물 등 질문할 대상은 자유롭게 선택하세요.

....

2. 전날 만든 세 가지 질문에 대해 자신의 답을 쓰세요. 그리고 또 다른 세 가지 질문을 쓰세요.

....

3. 이런 식으로 매일 전날의 질문에 대한 답을 쓰고, 새로운 질문 세 가지를 만들어보세요.

....

4. 마지막 날에는 지금까지 만든 열두 개의 질문과 자신의 답을 살펴보고, 그중 '좋은 질문' 세 가지와 답을 골라 정리해보세요.

●

알기 쉽게 정리해볼까요.

월요일: 질문 1, 2, 3을 만든다.

화요일: 질문 1, 2, 3에 대한 답을 쓰고 질문 4, 5, 6을 만든다.

수요일: 질문 4, 5, 6에 대한 답을 쓰고 질문 7, 8, 9를 만든다.

목요일: 질문 7, 8, 9에 대한 답을 쓰고 질문 10, 11, 12를 만든다.

금요일: 질문 10, 11, 12에 대한 답을 쓰고 열두 개의 질문과 답 중 '좋은 질문 세 가지와 그에 대한 답'을 정리한다.

●●

질문을 만들 때는 구체적인 대상을 떠올리고, 대답을 할 때는 자신의 입장에서 하는 것입니다. 지금까지의 과제들을 응용하여 대답을 써보세요. 오감으로 표현하고, 행동으로 표현하고, 다른 시각으로 표현하고, 직유법과 은유법을 풍부하게 사용해보세요.

●●●

'버려진 자전거는 어떻게 그 자유를 얻었을까?', '사랑, 그와 그녀의 사랑, 그게 가버렸다면, 그것들은 어디로 갔지?', '왜 목요일은 스스로를 설득해 금요일 다음에 오도록 하지 않을까?', '청색이 태어났을 때 누가 기뻐서 소리쳤을까?', '나무들은 왜 그들의 뿌리의 찬란함을 숨기지?'… 일흔 살의 파블로 네루다가 던진, 삼백 개가 넘는 질문들 중 일부입니다.

● ● ●

질문을 품는 일은 하나의 씨앗을 품는 일입니다. 씨앗을 보살피듯 질문을 돌보고 키워 꽃과 열매를 얻어보세요. 질문 없는 대답은 존재할 수 없지만, 대답 없는 질문은 그 자체로 아름다운 무엇입니다.

● ● ● ●

아인슈타인은 '질문은 정답보다 중요하다'고 말했습니다. 저도 그렇게 믿고 있습니다. 그런 이유로 이야기 여행의 마지막 모퉁이에 '질문'이라는 이름의 문을 세워봅니다.

{monday}

{tuesday}

{wednesday}

{thursday}

{friday}

좋은 질문

질문, 바탕 질(質)과 물을 문(問). 바탕 즉 '물체의 뼈대나 틀을 이루는 부분, 사물이나 현상의 근본을 이루는 기초, 타고난 성질이나 재질 또는 체질'을 묻는 일입니다. 물을 문은 문(門)안에 입(口)이 들어 있는 모양입니다. 그러니까 질문은 말을 건네는 것, 마음의 문을 두드리는 것, 열린 문을 통해 누군가의 혹은 무언가의 바탕을 듣고 보고 알고 이해하는 것입니다. 바꾸어 말하면, 질문하지 않는다는 것은 문을 두드리지 않는다는 것, 그러므로 어떤 문도 열리지 않는다는 것입니다.

하지만 질문을 한다고 하여 모든 문이 스르르 열리는 것은 아니겠지요. 세상 모든 것이 그러하듯, 질문에도 여러 종류가 있습니다. 평범하고 식상한 질문도 있고, 기분을 상하게 하는 질문도 있고, 대답하기 힘든 질문도 있고, 신선하고 따뜻한 질문도 있습니다. 그렇다면 '좋은 질문'은 무엇일까요? 상대의 마음을 움직이게 만드는, 출렁이고 일렁이게 만드는, 그래서 문을 활짝 열어주고 싶게 만드는 질문은 어떤 것일까요?

대답은 매우 간단합니다. 그 질문의 화살표를 자신에게 돌려보는 것입니다. 당신이 던지려는 질문을 당신이 받는다면 어떤 기분이 들까요? 어디서 많이 들어본 고루하고 지루한 질문인가요? 혹은 당신을 솔깃하게 만드는 생기 가득한 질문인가요? 그 질문에 대해 온종일 이야기하고 싶은가요? 당신에 대한 애정과 온기가 그 질문에서 느껴지나요? 아니면 다른 화제로 얼른 넘어가고 싶은가요?

구체적인 대상을 정하여 질문을 만들고, 자신의 입장에서 그 대답을 해 보는 이번 과제를 통하여 '좋은 질문'을 찾아보세요. 덧붙이자면 제가 많이 받는 질문 중 하나는 "글의 영감을 어디에서 얻는가"입니다만, 한 번도 그럴 듯한 대답을 하지 못했습니다. 너무나 광범위하고 추상적이고 막연한 질문이잖아요? 어느 작가는 이 질문에 시달리던 끝에 '욕조 안에서'라는 답을 '만들었'다고 하는군요. "그렇게 말하면 사람들이 좋아하니까"라는 것이 그 이유였습니다. 마음의 문을 열기는커녕 굳게 닫아버리는 질문이지요.

질문이 구체적일수록 대답도 구체적이 됩니다. 책에 관한 이야기를 하고 싶다면, '가장' 좋아하는 책이 무엇이냐고 묻는 대신 '지금' 읽고 있는 책이 무엇인지 물어보세요. 인간의 기억은 유기적으로 얽혀 있어서, 가까이 있는 줄기 하나를 끌어당기면 뿌리까지 흔들립니다. 금방 대답하기 쉬운 질문으로 시작하세요. 즐겁고 편안하게 대화하다 보면 이야기는 스스로 깊어집니다.

· WEEK 12 ·

나의
이야기

1. 월요일

슬프고 힘들고 괴로웠던 일을 떠올려보세요. 그때의 시간과 공간, 자신의 상태와 생각, 주위에 있었던 혹은 없었던 사람들을 생각해보세요. 그 일에 대해 써보세요.

....

2. 화요일

당신의 성별을 바꾸어 그 이야기를 다시 써보세요. 당신이 여자라면 남자라고 생각하고, 남자라면 여자라고 생각하세요[성별이 바뀌어도 1인칭 시점은 그대로 유지하세요].

....

3. 수요일

그 일을 겪었을 당시의 나이를 바꾸어서 다시 써보세요. 스무 살 때의 이야기라면 서른 살, 마흔 살, 쉰 살인 당신이 그 일을 겪었다고 생각하세요[나이가 바뀌어도 1인칭 시점은 그대로 유지하세요].

4. 목요일

그 일이 일어난 시간과 공간을 바꾸어 다시 써보세요. 만약 조선시대라면, 만약 아프리카의 어느 나라라면, 만약 우주 어딘가의 작은 별이라면 어땠을지 상상해보세요(시간과 공간이 바뀌어도 1인칭 시점은 그대로 유지하세요).

....

5. 금요일

당신이 겪은 일, 즉 월요일의 이야기를 3인칭 시점으로 다시 써보세요.

●

이야기 여행의 마지막 과제는 당신에게 일어났던 아픈 일에 대해 써보는 것입니다. 그 무겁고 힘겨운 이야기를 어떻게 쓰면 좋을까요? 당신의 감정을 어디까지 드러내고, 어디부터 감추어야 할까요? 이야기를 듣고 있는 타인에게, 어떤 느낌을 남겨주고 싶은가요?

●●

슬프고 힘들고 괴로웠던 일에 대해 쓰는 것이 힘겹다면 사라진 것, 잃어버린 것, 떠나보낸 것에 대해 써보세요. 그때의 마음을 기억하고 보살피는 시간을 가져보세요.

● ● ●

이번 과제는 동일한 이야기를 여러 버전으로 쓰는 것입니다. 같은 재료를 가지고 여러 가지 요리를 만드는 것처럼, 같은 소재를 다양한 방식으로 다루어보는 것이지요. 에피소드, 대화, 오감의 표현 등을 세밀하게 묘사하면서 구체적으로 써보세요. 성별과 나이, 시간과 공간이 바뀐다고 해서 '나'의 정체성이 달라진다거나 일 자체가 변하지는 않겠지만, 미묘한 차이가 있을 것입니다. 그것에 주목해보세요. 경우에 따라서는 상대의 성별과 나이를 바꾸어도 좋습니다. 그때 절망 안에서 보지 못했던 것, 알지 못했던 것을 찾아보세요. 나이와 성별, 시간과 공간, 관점의 변화를 통해 그 일의 의미를 품어보세요.

{monday}

{tuesday}

{wednesday}

{thursday}

{friday}

'쓰는 것은 모든 것의 끝'
-에필로그를 대신하여

"쓰는 것은 모든 것의 끝이다."

라이너 마리아 릴케의 말입니다. 당신은 이 말을 어떻게 이해하나요? 쓴다는 행위로 끝을 낸다? 혹은 끝이 났기 때문에 쓸 수 있다? 그런데 그가 말하는 '끝'이란 무엇일까요?

그 일이 일어났던 순간은 과거에 묻혔지만, 그로 인한 슬픔과 아픔, 절망은 여전히 지속될 수 있습니다. 하나의 사랑은 헤어짐으로 마침표를 찍었지만, 그 시절 사랑에 들떠 있던 나 자신은 여전히 살아 있습니다. 어떤 사랑은 끝이 나지만 사랑 자체는 영원할 수 있고, 어떤 슬픔에는 끝이 있지만 슬픔 자체는 영원하겠지요.

어떤 일에 대해 쓴다는 것은, 무언가를 끝내고 다음 장으로 넘어가고 싶다는 바람인지도 모르겠습니다. 상처 입은 기억에 묘비명을 세우는 일, 그 무덤에 꽃 한 송이를 놓아주는 일, 그리고 한동안 가만히 바라보는 일. 나 자신을 거울 앞에 세우고, 그래도 버텨냈다고 위로하는 일, 그러니 나는 아름답다고 위안하는 일, 그러므로 이제 그만 발길을 옮겨 이 모퉁이를 돌아 나가자고 격려하는 일.

그때로 돌아가 과거를 바꿀 수도 없고, 까맣게 잊어버릴 수도 없지만, 그 기억으로부터 한 걸음 물러설 수 있다면 좋겠습니다. 간직할 것은 간직하고, 흘려보낼 것은 그만 흘려보냈으면 좋겠습니다.

아픔을 잊기 위해서가 아니라 아픔을 견뎌내기 위해, 넘어서기 위해, 이겨내기 위해, '쓰는 것은 모든 것의 끝'이라는 릴케의 말을 주문처럼 외우며, 이 여행에 마침표를 찍기 바랍니다. 그리고 한 장의 페이지를 넘기기 바랍니다.

당신의 글을 읽을지 안 읽을지도 모르는 불특정 대다수의 사람은 잊어버리고, 당신 자신을 위해 혹은 당신이 사랑하는 누군가를 위해 글을 쓰시면 좋겠습니다. 당신과 당신이 사랑하는 그 사람을 위로하는 글, 즐겁게 만드는 글, 슬픔과 아픔을 나누는 글, 기억을 다듬어 추억으로 만드는 글, 당신만이 쓸 수 있는 글을, 집을 짓듯 밥을 짓듯 옷을 짓듯, 마음을 담아 지으면 좋겠습니다. 글쓰는 일 자체를 즐기며, 오래, 꾸준히, 많이 쓸 수 있으면 좋겠습니다. 들리지 않는 소리를 듣고, 보이지 않는 모습을 보고, 이상하고 엉뚱한 생각을 하고, 좋은 책을 골라 꾸준히 읽으며 더 깊은 세계로 들어갈 수 있으면 좋겠습니다. 12주 동안 만들어온 글쓰기 근육을 잘 보살펴, 바람 잘 통하는 곳에서, 신선한 물과 따스한 햇살로 키워내시길 바랍니다.

저와 여행을 함께해주셔서 고맙습니다. 이 여행의 끝이 또다른 시작으로 이어지기를 바랍니다. 이제 더 먼 길을 떠나실 당신에게 따뜻한 응원을 보냅니다.

*

이야기 여행,
12주의 기록

　　　　◐ 12주 동안의 이야기 여행을 먼저 다녀온 분들이 있습니다. 온라인 비공개 사이트에서 저와 함께 여행한 65분의 여행자들, 그중 18분의 글을 덧붙입니다. 여기에 실린 글들이 '답'은 아닙니다. 다른 이들은 어느 모퉁이에서 멈춰 서서 어떤 풍경을 보았는지 슬쩍 훔쳐보는 것입니다. 글을 쓰다가 막막하거나 외롭다는 기분이 들 때, 먼저 다녀온 이들의 기록이 작은 위로와 격려가 되었으면 좋겠습니다.

- 마지막 주의 과제는 싣지 않았습니다. '슬프고 힘들고 괴로웠던' 개인적인 이야기이기 때문입니다.
- 저와 함께 여행을 해주신 분들, 글을 싣도록 허락해주신 분들에게 깊은 감사의 마음을 전합니다.

WEEK 1

남의 문장으로 낙서하기

_김소정

_김차경

_송선의

WEEK 2

단어로 낙서하기

_김설

_박정환

_이은경

사진으로 낙서하기

몇 걸음만 더 걸으면 원하는 곳으로 쉽게 갈 수 있을 거야.

이정표를 바라볼 또렷한 시선, 지하의 막연함을 견딜 참을성, 목적지를 향한 굳건한 마음만 있다면 말이지.

그런데 당신을 담은 마음도 저렇게 쉽게 바꿀 수 있었다면 상처가 줄었을까, 행복이 줄었을까.

_김경환

빨래 건조대에 아기 옷가지가 널려 있다.

아기는 날마다 옷을 갈아입고 처음 맞이하는 하루를 산다.

오늘은 어제의 마음을 벗고 새 마음을 입어도 좋다.

_송선의

한참 멀었다 생각하면서도 아주 가끔 나라는 사람이 괜찮아 보이는 날들이 있다.

삼백예순다섯 번의 날 가운데 그 며칠의 자존감으로 남은 시간을 다독이며 산다.

부디 무너지지 말아라.

_유안나

한 해 한 해 가능한 음식이 늘어간다.

젓가락으로 집을 수 있는 게 덜 삭힌 홍어였다가 이젠 홍어코도 야무지게 씹는다.

하루를 삼키지 말고 의외의 맛으로 버티며 살아볼 것.

_김경은

행간으로 낙서하기

▼

(주차를 하려는데 톡이 온다. 어두운 주차장, 차 안에서 휴대폰을 들여다보는 나. 직사각형의 빛이 얼굴을 허옇게 밝혀준다. 경기도 안성의 류 아무개 판화가님께 '사랑의 쌍화차'를 보내줄 수 있겠냐는 의뢰 톡이었다. 좋은 일 하시는 분들께 쌍화차로 응원한 지도 수 년이 되었다. 이미 20명은 넘는 것 같은데. 문득 '쌍화차가 만난 사람들'이라는 주제로 책을 내면 어떨까 하는 생각이 들어 절친에게 톡을 보냈다. 개떡 같이 말해도 찰떡 같이 알아듣는 20년지기 친구다. 대학 도서관에서 사서로 일하고 있다.)

나: '사랑의 쌍화차'라는 주제로 책을 내면… 읽을 가치 있겠어? 사서로서 가차 없이 이야기해봐. 사회에 따뜻한 일을 하는 사람들에게 응원의 쌍화차를 보내면서 그 사람들의 이야기를 싣는 거야.

(떠올린 책 주제에 설레며 친구에게 톡을 보내는 얼굴이 휴대폰의 빛과 함께 환해진다. 흥분된 손놀림으로 엄지손가락의 움직임이 빨라진다.)

'올해는 책 한 권 내고 싶은데 주제 찾기가 왜 이렇게 어려운지. 내 삶이 그렇게 특별한 것도 아니다 보니 남다른 삶을 살고 있는 사람들의 인터뷰집을 내면 어떨까 싶은데 말이야. 내가 비록 인간관계의 지

속력은 떨어지지만 친화력은 끝내주잖아.'

　　절친: 의미가 있긴 하지만 베스트셀러는 아닐 거야.

　　(저 멀리 외국인 유학생이 다가온다. 요새는 다들 한국어가 유창하지만 영어 울렁증이 있는 그녀는 노란 머리, 파란 눈의 외국인만 보면 시선을 피한다. 마침 '카톡!' 하고 울린 친구의 톡에 반가워하며 진지하게 답을 해준다.)

　　'너는 왜 그렇게 책을 내려고 안달이야? 나 이번에 도서관 책 정리하면서 세상엔 정말 책이 많다는 생각이 들더라. 읽히지 않은 책들도 굉장히 많아. 그거 버리는 것도 일이더라. 책 한 권을 쓰더라도 혼을 담아 써야지, 출판에만 의의를 두면 그건 나무한테 못할 짓이야. 지구한테도 범죄고.'

　　나: 역시 가차없어 ㅋ

　　('베스트셀러는 아닐 거야'라는 마지막 말을 한참 노려본다. 노려보는 시간이 어느 정도 흐르자 휴대폰의 화면도 꺼지고 그녀의 얼굴도 어두워진다. 빛을 잃은 주차장. 그녀의 손놀림이 시작되자 휴대폰에 다시 빛이 들어와 그녀의 얼굴을 또 한번 밝혀준다.)

　　'그래, 나도 알고 있어. 인터뷰집을 내겠다는 기획 자체가 어찌 보면 분량 채우기 위한 것일 수도 있으니까. 내 삶이 글이 되어야겠지. 남의 삶을 짜집기한 책은 좀 그렇지? 그런데, 단순 짜집기랑 퀼트는 좀 다르지 않을까? 잘만 바느질하면 의미 있는 삶을 소개하는 책이 될 수도 있지 않을까? 이야기 거간꾼, 이야기 중개인처럼. 꼭 자기 삶을 책으로 펴내야 하는 건 아니잖아.'

　　절친: 베스트셀러이길 바랐던 거야?

　　(두리번거리다 도서검색대로 가는 외국인 유학생을 보며 안도의 한숨

을 쉰다. PC 옆 머그에 담긴 커피를 들이킨다.)

'너의 자존감을 책 출판에서 찾으려는 거야? 내가 보기엔 넌 유한 마담이고 안정에서 오는 권태에서 벗어나려고 애써 변화를 찾으려는 것 같아. 왜 애꿎은 책을 그 대상으로 삼으려고 해? 그냥 지금의 삶을 즐겨. 나는 너의 그 권태에 가까운 안정이 부러워.'

나: 하긴 재미 없겠지ㅎㅎ 의미는 있으나 재미가 없다. 도대체 무슨 주제가 좋을까.

'네가 보기에도 내가 책을 내겠다고 하는 게 몸부림으로 보이는구나. 그래도 의미 있는 주제를 찾았다면, 그걸로도 반은 된 거 아닌가. 여기에 재미와 흥미를 덧씌우면 되는 거니까. 네가 내 주제를 좀 찾아주면 안돼? 야, 이건 뭐 진로선택보다 더 힘들다. 하긴, 네 말대로 내가 왜 이렇게 책 주제에 매달릴까. 그럴 필요 없고 누가 강요하는 것도 아닌데. 그런데 책 주제에 매달리다 보니 이게 어떻게 살아야 하는지와 연결되더라 이거야. 책의 주제를 찾지 못한다면 내 인생의 주제가 없다는 생각이 들어. 그래서 꼭 자존감, 허영심의 문제가 아니라 어떻게 살아야 할지를 고민하는 과정이기도 하더라고. 변명인 걸까?'

(톡을 더 보내려던 나는 고개를 흔들고 시동을 끈다. 경쾌하게 차문을 닫고 주차가 잘 되었나 점검 후 어두운 주차장을 나선다. 청바지 뒷주머니에 휴대폰을 넣은 덕분에 낯빛이 어떤지는 보이지 않는다.)

_김리아

▼

14년이나 일했던 레스토랑을 그만둔 지 한 달, A는 새로운 직장으로 출근하여 낯선 얼굴들과 인사를 나누고 무엇을 해야 여기서 살아남을지 생각한다. 내 자리라고 안내받았으나 전혀 다른 사람의 것 같은 책상과 의자에 앉아 그 생소함에 아무것도 손대지 못하고 있다.

그러다 문득, 무언가라도 하지 않으면 14년의 시간이 책임과 생존이라는 이름 아래 아무 무게도 없이 사라져버린 것처럼 이곳도 사라져버릴 거란 두려움에 휴대폰의 연락처를 바삐 뒤지기 시작한다.

A: (자동차 딜러 명함 사진과 함께) B야 오랜만이다~~! 잘 지내지? 나 이제 레스토랑 그만두고 차 판다 ㅋㅋㅋㅋ 너나 주변에 생각 있음 연락 좀 줘라 ㅋㅋ

(B는 생각한다. 메시지에서 'ㅋ'이 이렇게 감정을 담아낼 수도 있구나. 민망함과 허탈함 그리고 가장의 책임을 담은 절실함이 'ㅋ'에 담겨 있었다. 몇 년만의 연락인지도 모를 관계지만 최대한 따뜻하고 진심을 담은 거짓말을 해야 한다고 생각한다.)

B: 그래, 주변에 알아보고 연락할게 잘 지내라~~

A는 진심을 전했고 B는 진심을 담은 거짓말로 답했다. 어쩌면 세상엔 진심 외에는 없는 것인지 모른다. 진심의 말과 진심의 거짓말이 존재할 뿐. 그래서 거짓말보다 진심이 작아 거짓이 더 비쳐질 때, 상대방은 당신의 진심이 고작 그 정도임에 상처받는 것일 뿐.

_김경환

▼

큰아빠는 나에겐 아빠 같은 존재이다. 어린 시절 우리 가족이 어려워지면서 큰아빠가 있는 시골의 할머니 댁으로 이사를 했다.

큰아빠는 자연 다큐멘터리와 사극을 좋아했는데 일 때문에 본방송을 못 보면 나에게 미리 비디오 녹화 심부름을 시켰고 한 프로그램당 500원씩 용돈을 주셨다. 어린 마음에 가요 프로그램을 보다가 계속 보고 싶어 큰아빠의 녹화 테이프에 덧씌우기도 했는데 큰아빠는 한 번도 화를 내지 않으셨다.

"수진이가 얼른 커서 큰아빠한테 효도해야지. 큰아빠는 지금 아들 밖에 없잖아."

"그럼 돈 많이 벌어야겠다. 그래야 이제 이런 거 녹화 안 하고 직접 보러 여행도 가지."

"허허허."

그렇게 20년이 흘렀고 큰아빠는 백발이 성성한 할아버지가 되었고 난 애가 있어도 어색하지 않을 나이가 되었다. 서로 멀리 떨어져 있지만, 큰아빠는 여전히 나에겐 든든한 조언자였고, 큰 결정이나 인생의 고비 앞에 마음이 불안할 때면 큰아빠에게 문자나 전화를 하곤 했다.

나: 큰아빠. 나 분명 잘 돼서 여행 보내준다고 얘기했는데 지금 제대로 하는 것도 없고 잘하는 것도 없고 내가 왜 사는지 모르겠어. 점점 우울해지는 거 같아.

큰아빠는 고민한 듯이 한참 뒤에 답장을 보냈다.

큰아빠: 수진아. 그건 우울증이 아니라 자신에게 깊이 질문하는 중이란다. 진심으로 너를 걱정하고 있는 중인 거야. 지금껏 공부며 일 같은 다른 것들에 신경을 쓰다가 그것들이 없어지니까 자신에 대해 생각하는 시간이 많아지면서 난 여태 뭐했지라는 생각이 들고 공허해지는 중이란다.

나: 그럼 난 이제 어떻게 해야 되는 거야? 어떻게 해야 할지 앞으로 어떻게 살아야 할지 자신이 없어.

큰아빠: 너무 조급하게 생각하지 마. 충분히 생각하고 지금의 자신을 계속 다독이고 알아보렴. 잘해낼 거야. 인생 길잖아. 오래 살 건데 무슨 걱정이야. 사람은

우주의 먼지보다도 못한 존재인데 이 걱정과 불안은 보이지도 않는 것들이잖아.

그리고 이어진 마지막 메시지.

큰아빠: 수진이는 똑똑하네. 예쁘고 머리만 좋은 줄 알았는데 자신의 마음마저 아는 거 보니 똑똑하네. 역시 우리 딸이야. 얼른 여행 가서 좋은 경험 많이 시켜줘야지.

큰아빠의 답장을 보며 어릴 때나 지금이나 투정만 부리고 약한 마음으로 살아가는 내가 부끄러워졌다. 이젠 내가 큰아빠를 지켜드리고 잘 해드려야 할 텐데 말이다. 잘 살아야겠다. 나를 위해서도 큰아빠를 위해서도. 매번 수도 없이 했던 다짐이지만 오늘만큼은 더 굳건해지는 것을 느꼈다. 그러나 조금 슬퍼졌다.

• 큰아빠는 2008년, 제가 대학교 2학년 때 갑자기 돌아가셨어요. 저는 타지에서 학교를 다녔고, 그날따라 휴대폰을 놓고 나간 데다 늦은 시간까지 일이 있어 다음 날 연락을 받고 고향에 내려간 것이 아직도 마음에 걸립니다. 여전히 큰아빠의 번호를 지우지 않고 가끔 전화나 문자를 보냅니다. 결번이라는 안내음성과 답장 하나 없는 메시지함이지만 그래도 여전히 위로가 되는 존재네요. 멀리서나마 대화한다면 어떨까 생각해본, 소중한 그리움을 느낀 시간이었어요.

_김수진

▼

나: 그래서, 광화문엔 언제 와요?

당신이 필요했다. 마주앉아, 그래서 나는 언제 행복해질 수 있느냐고 따져 물을 당신이 필요했다. 왜 나는 이 모양으로 사는 건지 이유를 설명해줄 당신 그 목소리가 필요했다. 투덜거리다 쫑알거리다 곧

울 것 같은 표정의 나를 지긋하게 웃으며 바라보는 당신이 꼭 필요한
오늘이었다.

하필 비가 왔고 때마침 슬펐으니. 관계는 틀어졌고 세월은 삐뚤어
졌으니. 이해받는다 생각했던 시간은 오해였고 함께라 느끼던 마음은
착각이었으니. 그래 그딴 것들에 지지 말아라, 울 것 없다 토닥여줄
당신이 보고 싶었다. 비오는 광화문 사거리에 멈춰 서서 저기서 당신
의 까만 얼굴이 나타나면 좋겠다 생각했다.

당신: 언제든, 네가 원하면.

당신은 언제나 내 마음을 읽고 쓴다. 사람을 알고 여자를 알고 나
를 아는 당신이 늘 고맙다. 나는 당신을 오래오래 떠나보내지 않을 것
이다. 마음이 닮은 사람들 사이에는 늘 비밀이 거기 있다. 어제나 오
늘이나 어디나 어느 때나 우리는 같은 마음임을 아는, 우리만 아는 고
마운 비밀. 당신을 오래 간직할, 내 이유.

연인도 친구도 남도 아닌 우리는 평생 서로의 닮은 마음과 생과 손
끝의 안부에 위로받으며 살기로 한다. 나도 당신도 안다. 오지 않아도
가지 못해도 이미 충분하다는 걸.

나: 거짓말, 오지마.

뒤통수 토닥여주는 당신 손길은 이미 내게 닿았다.

'고마워 고마워요. 언제나처럼.'

_유안나

▼

'으… 응…' 종종 끊어져 들리는 보이스톡 음성으로, 엄마의 푸념이 전
송되었다. 독일의 공용 와이파이는 서울 어느 곳보다 느리다. 아들에

게는 잔소리를, 딸에게는 하소연을 늘어놓는 것으로 삶을 감당해내는 엄마인데, 떨어져 있어 겨우 이따금씩 듣는 엄마의 하소연 하나 감당 못할 만큼 나는 조금 지쳐 있었다. 그를 인지한 엄마는 성급히 마무리를 하신다.

엄마: 언제쯤 '돈, 돈' 안 하고 살 수 있나 모르겠다.

'그냥 딸이라서 하는 말인 거 알지? 엄마가 너 아님 누구한테 이런 말을 하겠어. 환갑 다 돼서 초라하다고 말하고 다닐 순 없잖아. 돈 버는 게 쉬운 건 아니니까. 너도 이제 여행 그만 다니고 돈도 좀 모으고.'

(일을 마친 엄마가 집으로 가는 길. 밤 10시가 넘었다. 술 한잔으로 허기를 달랜 회사원 복장의 아저씨들이 택시를 잡고, 지친 청년들이 지하철 출입구에서 고개를 푹 숙인 채 나온다. 도시의 시끄러운 소음이 엄마의 목소리를 아무것도 아닌 것처럼 만들어서, 스쳐지나가는 누구도 엄마의 목소리에 관심이 없어서, 엄마는 도로 한가운데서 통화를 한다.)

엄마: 끊어야겠다. 집에 다 왔어.

'아빠한테 너한테 이런 이야기했다는 거 들키면 또 신경 쓰게 한다고 혼나.'

(모니터 앞에 있던 캘린더에 다음 여행지가 선명히 보인다. 괜스레 마우스로 모든 창을 다 닫아버렸다. 한숨을 크게 쉬고 엄마에게 물었다.)

나: 엄마. 성인이 되면 돈을 벌기 시작해서 죽을 때까지 돈만 버는 게 인생이야?

'돈이 전부가 아니라고 알려줬잖아. 그런데 시간이 흘러서 나도 결국 돈이 있어야 하는구나 같은 결론으로 끝나는 거면. 엄마, 미리 알

려줄래?'

(엄마의 인생을 비꼬려는 것이 아니었다. 그녀의 인생을 초라하게 생각한 적 없다. 엄마처럼 살지 않겠다고 말한 적 있으나, 그것은 엄마처럼 일도 가정도 모두 다 잘하기 싫다는 뜻이었다. '슈퍼우먼인 엄마를 닮아 뭐든 다 잘한다'는 칭찬이 가장 싫었으니까. 나는 빈틈이 많고 허술하며 어딘가 모자라지만 곁에 두고 싶은 사람이었으면 했다.)

엄마: 아냐. 꼭 그건 아니지.

(때마침 네트워크가 불안정하다며 전화가 끊겼다. 집 안으로 들어서며 와이파이로 전환이 되었을지도 모른다. 메시지로 얼추 인사를 마치고 노트를 폈다. 엄마의 행간을 읽으려고 퇴근하기 전까지 펜을 들고 있었다. 빈 공백이 더 허무하게 느껴져 왔다. 행간이 통 읽히지 않는다.)

나는 엄마가 작가였기를, 그래서 전하지 못한 숨은 이야기를 다 언어로 설명해줄 수 있는 사람이기를 바랐다. 바싹 긴장한 나를 녹여주기를 기다리고 있었다.

결국 오후를 흘려보낸 채 퇴근하는데 읽히지 않는 행간 대신 엄마의 목소리만 선명하게 들린다.

'아냐! 아니지!'

그래, 그거면 됐다.

_김소정

▼

나: 별일 없어요?

없겠지요. 저도 별일 없는데 그냥 말 걸고 싶어서. 이것저것 말을 고르다가 건넨 게 고작 이거예요. 사실 오늘은 나 참 많이 잤어요. 배가 무척 고파서 평소보다 많은 양의 음식을 사놓고 몇 숟갈 떴다 내려놓고. 아, 그리고 이어폰의 실리콘이 또 하나 빠졌더라고요. 매번 주머니에만 넣었다 빼면 이 모양이에요.

당신이 내게 알려줬던 나쓰메 소세키의 《마음》을 가방에 넣은 채로 가방 속을 정리하다 책표지에 손가락을 베었어요. 신기하게 전혀 아프지 않았습니다. 푸른 혈관 바로 옆의 살갗이 갈려 피가 버금버금 베어나왔어요. 그런데 외려 기분이 좋은 거예요. 당신이 알려준 책이잖아요. 우리 사이에 어떤 특별한 약속이 생긴 것만 같아서 나는 기뻤는데. 어쨌든 내 소소한 일상과 감상은 당신에게 전혀 중요하지 않으니 늘 침묵하게만 됩니다.

기껏 말을 건 게 "별일 없어요?" 정도라니. 정말 신물이 납니다. 이런 내가 한심스러워요. 불쌍해요. 그러나, 그럼에도 역시, 이 정도가 가장 맞는 거라지요? 내가 뱉지 못한 말들은 평생 그대에게 어떤 방식으로든지 닿지 못하고, 사실은, 정말 사실은 차라리 그 편이 나은 거겠지요? 꾹꾹 눌러 담습니다. 별일 없는지. 당신에게서 답이 오기까지 1분. 나는 내심 기대해요. 오늘은 어딜 다녀왔다고, 무얼 먹었는데 참 맛있었다고. 친구랑 옷도 봤고 꽃도 봤고 집에 오는 길에는 별도 봤다고, 좋았다고, 재미있었다고, 행복했다고, 재잘재잘 늘어놓는 당신을 상상해요.

당신: 응. 없어.

그렇게 이 대화는 끝납니다.

_안

WEEK 5
오감으로 표현하기

▼
낮등

'안개바다'를 만나러 산책을 나왔어요. 바닷가의 안개는 보통 '해무'라고 부르지만 오늘은 안개바다, 라는 이름이 어울립니다. 만나고 싶었던 것이 안개였는지 바다였는지 아니면 당신이 놓고 간 발자국 소리인지는 모르겠지만, 오늘은 왠지 그 모든 것들을 만날 수 있을 것만 같습니다.

차에서 내리는 내 신발 뒤축에서부터 따라오던 안개가 바당길에 도착하자 더 깊어집니다. '바당길', 바닷길을 부르는 제주 말입니다. 이름에 파도소리가 들어가 있는 것 같습니다. 그리고 제주에서는 바다를 향하는 모든 길이 내리막길입니다. 한라산 덕분이지요. 수많은 직선들이 만나 이뤄진 느슨한 곡선길들. 그런 길들이 좋아 종종 걸음하는 법 환바당길.

'CLOSE' 안내판이 붙어 있는 식당 앞에서 등이 켜져 있는 나무를 만났습니다. 지난밤 오래도록 밤을 밝히던 등이 한낮인데도 은은하게 켜져 있었습니다. 만지면 온기가 느껴질 것 같습니다. 끄지 않고 집으로 돌아간 주인의 뒷모습도 보입니다.

저 등은 밤사이 많은 것을 지켜보았을 겁니다. 어깨너머로 들릴 듯 말 듯 오래도록 머금다가 내보내는 연인들의 속삭임들, 요리가 내는 소리인지 팬이 내는 소리인지 모를, 시끄럽지만 맛깔스러운 주방의 소리, 갖가지 모양의 잔 부딪히는 소리. 그러고 나서 마지막 손님에겐 특별히 긴 그림자를 만들어주어 집으로 돌아가는 길이 외롭지 않게 해주었을 거예요.

밤새 할 일 다했으니.

등, 너도 이젠 쉬어야지.

어서 빛을 놓으렴.

어두워져도 괜찮아.

그런데… 하!

늘 그렇듯 무지몽매한 인간이 삶의 지혜를 배우는 순간은, 누군가의 또 다른 일상에서입니다. 굽은 길을 돌아서니 낮등이 또 켜져 있었어요. 그 순간, 제 마음에도 낮등 하나 켜지는 소리 들립니다.

낮등은 끄지 않고 간 등이 아니라, 이렇게 안개가 깊은 날, 낮인데도 걸어오는 앞사람이 잘 보이지 않는 날, 서로에게 신호등이 되어주는 거였습니다.

낮등은 안개 속에서 오랜 세월 살아온, 누군가의 다정한 배려였습니다.

_신범숙

손바닥에 올려 주먹을 꽉 쥐면 보이지 않을 정도의 조금 길고 동그란 원통형의 필름을 꺼내 카메라의 뒤편에 끼워넣는 순간을 좋아한다. 카메라마다 조금씩 다른 방법이 필요하지만 대개는 카메라 뒤편의 덮개를 열고 필름의 둥근 부분을 끼우고 '메롱' 하는 혓바닥처럼 밖으로 나와 있는 필름지를 반대편 레버에 끼운 다음, 덮개를 덮고 가볍게 셔터를 한번 누른 후 레버를 한 바퀴 감는 것으로 사진 찍을 준비를 끝마칠 수 있다.

그렇게 필름의 장전이 끝나면 우리는 좋아하는 것들을 필름지에 찍어낼 수 있다. 마음에 드는 풍경 앞에 서서 네모난 뷰파인더에 넣은 다음 호흡을 가다듬고 잠시 숨을 멈춘다. 그 순간 총을 쏘듯 셔터를 꾹 누르고 참았던 숨을 내뱉는다. 그리고 다시 필름 장전.

우리에게 주어지는 순간은 고작 24번에서 36번 정도, 마음껏 찍고 마음에 들지 않는 순간은 지우고 다시 찍는 디지털에 비하면 터무니없이 작은 순간임에도 불구하고 우리는 자주 작은 뷰파인더에 많은 것들을 담는다. 매 순간 신중하게, 조금은 느리게 자주 걸음을 멈추고 틈틈이 숨을 멈춘다.

주어진 순간이 끝나면 카메라에 달린 작은 버튼을 누르고 필름을 감는다. 태엽을 감듯이 천천히 돌리다 보면 '탁' 하는 소리와 함께 필름 감는 것이 끝나고 필름 덮개를 열어 다 감아진 필름을 꺼내어 손바닥에 올려 주먹을 꽉 쥔다. 뜨거울 리 없건만 뜨거운 듯한 느낌의 필름을 쥐고 잘했어, 고마워 그렇게 속삭이면 사진 찍기가 종료된다.

그리고 또 기다림이 있다. 담아낸 시간들을 빨리 만나고 싶어 마음이 급해지다가도 모든 것이 바쁘게 돌아가는 세상에 여전히 느리게 돌아가는 것이 필름 너 하나라도 있어 좀더 세상이 살기 좋은 것 같다는 기분이 들면 그 또한 기쁨이 되어 돌아왔다. 그런 기다림이라 마음껏 사랑할 수 있었다.

그러니까 오늘은 몇 번의 숨을 참고 널 기다렸는지.

_김차경

슈퍼산세베리아

나의 오랜 소망은 아주 작아도 괜찮으니 나만의 서재를 갖는 거였다. 하지만 형편상 나만의 서재는 아주 먼 훗날의 일이라 생각했다. 그런데 대출이라는 신비한 마법이 있었다. 내 아내와 나는 과감하게 마법을 부려 이 소망을 작년에 이루었다.

그걸 기념하려고 책상 위에 두는 작은 화분을 하나 샀다. 이 화분에는 슈퍼산세베리아라고 하는 작은 녀석이 살고 있다. 한 달에 한 번만 물을 주면 된다고 하는 요 녀석은 전자파를 차단하는 특수 능력을 지녔다. 그런 이유로 모니터 옆에 자리를 잡았는데 글을 쓰다 뭔가 생각이 안 나면 멍한 표정으로 이 녀석을 물끄러미 보게 된다. 녀석의 보금자리는 조금 큰 통조림 캔처럼 생겼는데 흙은 없고 작은 돌만 가득하다. 물도 별로 안 먹고 참 메마르게 산다.

처음 내 서재에 왔을 땐 잔뜩 웅크린 모습이었는데 지금은 부끄러움을 떨치고 꽃이 피는 것처럼 활짝 기지개를 켜고 있다. 긴 잎에는 나무의 나이테처럼 묘한 흔적들이 남아 있는데 그 흔적이 쌓여 지금은 무슨 호랑이 무늬 같다. 가끔 무슨 말이라도 하는 게 아닐까 싶어 귀를 가까이 대어 보는데 지금껏 단 한마디도 없다. 상당히 과묵하다. 냄새는 어떨지 궁금해 코를 대보면 식물이 맞는지 의심스러울 정도로 아무 냄새가 안 난다. 너 혹시 가짜냐? 아님 내 코가 막힌 걸까?

호랑이 무늬에 과묵한, 냄새 없는 녀석의 잎을 손으로 만져보면 참 억세다는 느낌이 온다. 그래. 나무나 다른 식물처럼 변변한 줄기가 있는 것도 아닌데 그 잎이 온전한 너의 전부인데 그 정도는 되어야 하겠지. 그래도 왠지 메마르고 억센 녀석이 가엾다.

비좁은 보금자리지만 홀로 그러고 있으니 외로워 보인다. 작은 돌멩이 하나 얹어본다. 외로움이 세 발자국 정도는 물러선 듯하다. 삭막한 녀석의 문패에 책갈피를 하나 매달았다. 서재의 일원이니 증표는 있어야 되겠다 싶어 그랬다.

억센 너도 조금 꾸미니 멋있구나. 가끔 내가 어쩔 줄 몰라 너에게 시선을 돌리면 그냥 아무 말 없이 지금처럼 그 자리에 있어줬으면 해. 낭만과 사랑이 없어도 너는 아름답다고 말해줄게. 아무것도 없어도 괜찮다고 말할 때까지, 나도 아직이니까.

_서효봉

WEEK 6
직유법으로 표현하기

나는 외롭다

▼

나는 새까만 바다 위 홀로 서 있는 한 척의 고기잡이 배, 그 흐리고 고단한 불빛처럼 외로웠다.

　네가 마지막 안녕을 고하며 나를 놓던 날, 덩그러니 검은 바다에 남겨져 목놓아 울다 생을 원망했다. 우리의 날들은 출렁이는 기억 너머로 사라졌다. 반짝이던 약속은 칠흑 같은 어둠 속으로 버려졌다. 슬픔은 메아리가 되어 가슴으로 내려앉았다. 춥고 시리고 무서운 날들이 이어졌고 나는 철저히 혼자가 되었다. 네 안녕과 미래는 빌지 않았다. 부디 망망대해 차디찬 검은 바다 위에서 내가 무사히 안녕하기를. 그렇게 까만 외로움에 기대어 살지 않기를 빌고 또 빌었다.

_유안나

▼

오늘 아침은 조금 늦게 일어났다. 모처럼 만에 휴일이라 늦잠을 자버린 탓. 종일 비가 왔는지 공기부터 물에 젖은 솜이불처럼 무겁고, 축축하다. 덩달아 무겁게 느껴지는 몸을 일으켜, 아침인지 점심인지 모를 끼니를 해결하고, 기침이 멎지 않기에 사둔 종합감기약 두 알을 삼키니 약 기운 탓인지 또 잠이 와서 스르르, 또 잠들고 말았다. 일어나보니, 벌써 오후 4시라니. 반나절을 자고, 먹고, 자고를 반복했다니. 하루를 낭비했다는 죄책감에, 커피라도 한 잔 사올까 싶어 대강 옷을 입고 집 밖을 나선다. 습한 공기 탓인지 해질 무렵인데도 조금 더운 날씨, 커피 한 잔과 케이크를 사서 집으로 가는 길. 뉘엿뉘엿 지는 해를 바라본다. 지금 이 순간, 내 이야기에 귀 기울여주는 사람이 있다면 좋겠다. 카페 창가 자리 테이블에 앉아, 이 케이크 한 조각과 커피 한 잔 나눌 당신이 있다면. 외로운가? 외롭다, 나는. 나뭇잎만 무성한 넝쿨 속에 홀로 핀 장미처럼.

_김아빈

나는 슬프다

▼

나는 지어지다가 만 집처럼 슬프다.

설렘 가득한 마음으로 살 집을 구상하며, 정성을 들여 설계도를 그리고, 마침내 기초공사를 시작했을 때의 행복함. 뼈대가 세워지고 하나하나 벽돌이 올라가는 모습을 보며 함께 보내게 될 시간을 그려봤겠지. 그리하여 해가 쨍쨍하게 내리쬐는 더위도, 비바람이 퍼붓는 장마도 이겨낼 수 있었으리라.

그렇게 정성과 마음을 담아 지어지다가 멈춰진 집처럼 나는 슬프다. 나를 향한 사랑의 손길이 멈춰지고, 함께 그리던 내일이 사라지고, 작은 숨조차 느껴지지 않는 공터. 아무도 찾지 않고 눈길조차 주지 않는, 이제는 경관을 해치는 흉물이 되어버린 집.

빛도 빗물도 모두 속으로 깊게 삼키며 떠나버린 그를 생각한다. 예쁘게 다정하게 나를 만지던 그 손길을 생각한다.

_박정환

▼

한 치의 스크래치도 허용하지 않겠다는 하늘이었다. 땅과의 경계선을 분명하게 그어놓고 자신의 영역은 결코 방해받지 않겠다는 듯. 브러시에 파란색 물감을 골라놓고 붓질하듯이 아니라 아이콘으로 클릭하듯 한 번에 물들여놓았다. 구석구석 채도도 명도도 같다. 선명한 하늘을 볼 때마다 하늘이 화가 난 것 같았다. 함께 놀던 새, 비행기, 구름, 아니 심지어 햇빛조차 장난칠 수 없게 새파래졌다. 완벽함으로 무장한 하늘은 더 이상 아름답지 않았다. 빈틈이 없는 것에 나는 감탄하지 않는다.

차단하고 싶은 것이 무엇인지, 뾰족한 지붕들의 라인을 날카롭게 그어낸다. 그 시선의 끝에 나는 하늘의 칼날에 손목이 베인 아이처럼 슬펐다. 거무스름한 붉은 피가 서서히 피부에 번졌다. 분명 내가 그은 것이 아닌데 마치 스스로 저지른 일처럼 감추어야 할 것 같았다. 뒤로 숨긴 손목의 피가 옷 귀퉁이를, 다른 쪽 팔 언저리를 계속 붉게 붉게 적셔가는지도 모르고. 그 손으로 하늘을 문지르고 싶었다.

엉망진창. 너도 엉망진창 다 망가져버리라고. 덕지덕지 내 피로 칠하고 싶었다. 이 세상에 완전한 것은 없으니 내가 그 오점이 되어서라도 널 망치고 싶었다.

_김소정

너는 자유롭다

▼

하얀 종이에 어떤 세계든 창조해내는 깃털 펜처럼 너는 자유롭다. 머릿속에 둥둥 떠다니는 생각을 날아다니는 새라 생각했을까, 마음속에 이리저리 떠다니는 알 수 없는 요동을 날갯짓이라 생각했을까. 바람에 날려 손바닥에 내려 앉은 깃털로 펜을 만들 생각을 한 사람의 마음은.

글을 쓴다는 것은 자유로운 작업이다. 머릿속에 떠다니는 생각, 마음속에 꾹꾹 눌러온 기억이 펜 끝을 통해 흘러나온다. 때로는 토해지고 게워진다. 그래서 어떤 이는 글을 쓰다 울었다 한다. 허공에 떠다니는 깃털을 낚아채 펜으로 만든 깃털 펜은 그렇게 '자유'의 흔적을 몸 안에 갖고 있다. 그 자유로운 기운으로 펜 끝에서는 여러 세계가 창조된다.

너는 자유로운 유목민이고 싶었다. 도화살과는 거리가 멀지만, 역마살과는 가깝다고 생각했다. '나그네는 짐이 가볍다'는 말을 좋아했다. 그러나 결혼은 삶과 일상을 바꾸었다. 가정은 날개보다는 뿌리를 선물했다. 뿌리의 얽힘과 그로 인한 안정감은 달콤했다. 그래도 유목민에의 동경, 자유에 대한 동경은 좀처럼 포기가 안 되었다.

어느 날 신의 계시처럼 깃털 하나가 바람에 날려 너의 몸을 살짝 건드리고 땅바닥에 툭 떨어졌다. 예쁜 깃털이었다.

'이 깃털하고 어울리는 건 뭘까? 어디에 날개를 달아줄까?'

장난삼아 너는 볼펜에 깃털을 묶어본다. 날개 달린 볼펜이라니! 문득 신기만 하면 춤을 추게 되는 빨간 구두가 생각났다. 날개 달린 신발도 생각났다. 날개 달린 펜을 쥐면 가고 싶은 세상을 창조할 수 있지 않을까? 어떤 생각이든 욕망이든 자유롭게 써 내려갈 수 있지 않을까.

글 쓰는 유목민!

그래, 꼭 물리적으로 공간이동을 해야 유목민인 것은 아니다. 영혼이 자유로우면, 어디든 경계 없이 갈 수 있다면 그것이 유목민이지 않을까? 펜과 종이만 있다면 언제 어디서든 글을 쓸 수 있는 자유를 누릴 수 있는 유목민.

낙타를 타고 무역을 했던 그 옛날의 상인들만이 유목민은 아니다. 방 구석에 앉아 검지에 군살이 박히도록 깃털 펜을 쓱쓱 움직였을 작가들. 혹여 몸은 자유롭지 못했을지라도 영혼은 자유로웠을 글 쓰는 유목민들.

오늘도 하얀 백지를 눈앞에 두고 펜을 잡은 너. 펜 끝에 날개를 단 깃털 펜처럼, 너는 자유롭다.

_김리아

▼

너는 재즈 음악의 솔로 프레이즈처럼 자유로워.

네 손이 피아노 건반 위에서 나비처럼 춤추는 모습을 보며 난 그런 생각을 했어.

우리가 중학교 3학년 때였나. 아니다. 그때의 너는 예술고등학교 입시 준비로 바빴으니까 아마 중학교 2학년 때가 맞을 거야. 무덥던 여름

날 너는 나를 집으로 초대했고, 친구의 집에 놀러가는 일이 드물었던 나는 조금 긴장한 채로 네 집 초인종을 눌렀어. 눈치 없이 매미들이 맹렬하게 울어댔던 기억이 나. 뜨거운 날씨 때문일까, 우리 주변의 공기는 팽팽하게 늘어졌고 아주 천천히 시간이 흘렀지.

따분하고 덥던 그날의 흐름이 바뀐 건 네가 피아노 뚜껑을 열었을 때였어. 놀거리가 다 떨어진 후 내 마음속에서 지루함이란 녀석이 슬그머니 고개를 든 걸 너는 눈치챘던 걸까. 너는 나에게 너의 연주를 들려줘도 되냐고 물어봤어. 나는 반짝이는 호기심을 누를 생각도 않고 얼른 고개를 끄덕였지. 그때까지 너는 나에게 피아노 연주를 들려줬던 일이 없었거든. 학교 음악실에서 누군가 '너 피아노 쳐보지 않을래' 말을 건네도 웃으며 고개를 살살 젓던 너였어. 내가 듣기에도 영 아니었던, 허세만 가득했던 녀석들이 음악실 피아노 앞에서 레퍼토리를 줄곧 늘어놓아도 너는 그냥 그 애들을 바라보기만 할 뿐 그 대열에 끼지 않았어. 과연 너는 얼마나 대단한 연주를 들려줄까, 내 마음에는 기대와 의심이 제대로 섞이지 못한 포스터 물감처럼 덕지덕지 묻어 있었어.

그런 네가 첫 음을 치던 순간, 투명한 어떤 바람 같은 것이 네 주변에 일어나는 듯한 착각이 들었어.

장난스럽게 웃으면서 피아노 건반을 연주하던 너는 마치 다른 사람 같았어. 나는 정신없이 네가 들려주는 음악 속에 풍덩 빠져버렸어. 무덥던 날씨마저 청량하게 느껴졌고, 그 기억은 내 머릿속을 강렬하게 물들였지. 피아노란 이렇게나 거대한 음들을 담은 상자구나. 그 사실을 처음으로 깨달았고, 그 상자에서 자유롭게 음악들을 꺼내 내 앞에 펼쳐주는 너는 마치 마법사처럼 보였어. 너는 네가 연주하는 음악만큼이나 자유로웠어. 좋아하는 일을 즐겁게 하는 사람은 이렇게 멋지구

나. 그 사실을 나는 그날 깨달았지.

너는 재즈 음악의 솔로 프레이즈처럼 자유로워. 그리고 나도 그 자유를 찾기 위한 여정 중이야.

아직도 네가 어딘가에서 음악을 만들며 살아가고 있다는 사실을 알고 있어. 시간이 흐르면서 연락은 뜸해졌지만, 언젠가 네 이름이 걸린 콘서트가 열리면 나도 내 자유를 두르고 너를 응원하러 갈게.

그날 네가 연주했던 선율은, 아직 내 여름 어딘가에 푸른빛으로 남아 있어.

_이은경

그/그녀는 멋지다

▼

그는 자신의 얼굴에 깊이 패인 주름처럼 멋지다.

어렸을 때부터 부모 없이 자랐지만, 학력은 초등학교 중퇴지만, 직업은 도서관 계약 용역직이지만, 파킨슨이라는 난치성질환을 앓고 있지만. 그래서일까. 아등바등 살아온 그의 지난 세월이 유독 깊게 얼굴 곳곳에 드리워져 있다.

그는 스스로 실패한 인생이라 생각한다. 고작 초등학교도 나오지 못하고, 고작 도서관 청소를 하고, 고작 아이들 시집장가도 보내지 못하고, 이제는 병까지 앓고 있으니 그는 자신의 인생이 못내 슬프다.

그러나 그를 바라보는 딸은 그를 존경한다. 깊게 패인 주름과 곳곳에 핀 검버섯, 듬성듬성 길게 자라 있는 하얀 눈썹, 당신의 아버지가 살아온 주름진 인생. 그 속에서도 포기하지 않고 살아준 그가 멋지다.

내 아버지의 얼굴은 평생을 활짝 피어보지 못하고 주름져왔다. 이 세상에 이 주름만큼 깊고, 묵직하고 아름다운 주름이 어디 있는가.

_박정환

▼

멋지다는 말은 누구에게 붙여야 할까? 난 내가 사랑하는 사람, 나와 결혼한 사람, 인생을 함께하고 있는 사람에게 이 말을 쓰기로 했다. 무슨 말을 어떻게 해도 아내는 멋진 사람이니까.

그녀는 잘 웃는다. 언제라도 웃을 준비가 되어 있는 사람이다. 톡 건드리면 까르르 터질 것 같은 맑고 건강한 웃음을 지녔다. 그녀는 이야기를 좋아한다. 어떤 이야기를 들을 때면 마치 옛날이야기를 듣고 있는 아이처럼 설레 보인다. 재미있는 이야기라면 아마 잠도 안 자고 들을 수 있으리라. 그녀는 확실하다. 좋으면 좋고, 싫으면 싫다. 그렇게 하자고 약속하면 꼭 그렇게 하는 사람이고, 자기가 원하는 걸 당당하게 말한다. 언제나 우유부단하여 갈팡질팡하는 나를 마음 편하게 인도해주는 사람이다.

난 오늘, 오늘에 대해 생각해보았다. 어제도 오늘이었고, 오늘도 오늘이다. 아마 내일도 오늘일 것이다. 사실 매일이 오늘이고 오늘 아닌 적이 없다. 그러니 우린 늘 오늘을 산다. 오늘만큼 가까운 것이 없고 오늘만큼 절실한 것도 없다.

그녀는 오늘처럼 멋지다.

_ 서효봉

우리는 다정하다

▼

너와 나는 서로 다르다. 서로가 있는지도 모르고 살아오다 어느 날, 우연히 같은 곳에서 만난 너와 나. 너무 다른 너와 나는 어울리지 않아. 하지만 다가가고 싶은 나는 물을 가득 머금은 붓처럼 너에게 말을 건넨다. 나라는 색을 조금 묻혀 너에게 다가간다. 조금씩, 서서히. 나를 잃을까, 혹은 너를 망칠까 두려워하며 조심스럽게. 네가 선명해지기를 기다려 나라는 색을 옅게 올려두거나, 짙은 나를 기다려 너라는 색을 포갠다. 흐리멍덩하게 섞여 이도 저도 아닐 줄 알았던 우리가, 각자의 색으로 선명하다. 그러다 내가 먼저든, 네가 먼저든 우리는 서로에게 번진다. 네 곁에 내가 조금 더 가까이 가도 될까? 어울리지 않을 줄 알았는데, 의외로 괜찮은걸? 우리는 한 도화지 위에 풀어놓은 물감처럼 다정하다. 우리, 라고 불러도 좋을 만큼.

_ 김아빈

▼

흔히들 사랑은 타이밍이라고 하는데 우리는 그 흔한 타이밍조차 맞지 않는 인연이었다. 그런 인연이라면 금방 눈 밖에 나거나 흩어지기 마련인데 이상하게 우리는 자꾸만 서로의 곁을 서성였다. 이러다 보면 우리도 흔하디 흔한 눈 한번 맞춰볼 수 있을까 싶어서. 사람들은 겨우 짝사랑 한 번 한 걸로 헤어지지 못하고 내내 새벽을 흔드는 우리가 바보 같다고 했다. 그냥 둘이 사랑하면 될 텐데, 쓴웃음을 지었다. 사람들은 모르니까 하는 말이겠지만, 관계를 무너뜨릴 용기가 없는 사람들에겐 사랑이 찾아오지 않는다. 우리가 그랬다. 지금 '우리'라는 관계를 무너뜨리지 않기 위해, 새벽을 깨워 사랑을 맹세하고서도 아침이면 모든 것을 물거품으로 사라지게 했다. 사랑에서 중요한 것은 '그럼에도 불구하고 너를'이어야 하는데 우리는 언제나 '그러니까'로 끝이 나는 마음뿐이었다. 그렇게 서로의 울타리를 벗어나지 못하고 우연히 마주치는 손길을 놓지 못하고 또 몇 년. 돌고 돌아 사랑의 종착점이 결국 우리가 되는 것은 아닐까 생각할 정도로 많은 날들을 헤매었다.

어쩌면 서로의 풍경을 해치지 않고 자라는 나무들처럼 다정한 우리여서 여기까지 온 것일 테다.

기어코 마지막까지 또 한번 뒤돌아보게 만드는 풍경이 마치 당신 같아서, 그 다정함에 빠져 사랑으로 착각할 만큼 오랜 날들 당신뿐이었다.

_ 김차경

WEEK 7

행동으로 표현하기

▼

심연에 가라앉은 정신을 한 가닥 잡아올리는 듯한 통증에 그녀는 잠에서 깨어난다. 원인을 알 수 없는 두통은 낮이고 밤이고 그녀를 찾아와 인사하고, 두통이 찾아옴으로써 그녀의 하루가 시작된다. 그녀는 인상을 찌푸리며 겨우 뜬 눈으로 창가를 보며 현재의 시간을 가늠한다. 이미 환한 낮이 주는 눈부심에 창에서 눈을 거두고서 베개 주변을 손으로 휘휘 젓더니 휴대폰을 찾아 얼굴 앞에 가져온다.

"12시⋯."

다른 사람들은 한창 점심을 맞이하고 있는 시간, 한낮의 해가 하늘 한가운데에 높이 솟아 있는 시간, 그녀는 그 시간에 꿈틀거리기 시작한다.

이불 속에서 손과 발만 꼼지락대던 그녀가 이불 밖으로 고개를 내민다. 고개를 내밀고서도 한참을 침대 위에서 뭉그적대던 그녀는 다시 두통이 시작되고서야 침대에서 일어난다.

"으⋯ 허리야."

지난 새벽에 잠들고 점심 때가 되어야 일어났으니 대략 10시간을 잔 듯하다. 오랜 시간을 침대에서 보내서 허리가 뻐근한지 손을 머리 위로 올린다. 손가락부터 팔, 어깨, 등, 허리까지 일자로 이어지도록 온몸을 길게 길게 뻗어 늘린다.

"아으으으…."

뻐근했던 온몸이 맞춰지듯 앓는 소리를 내던 그녀는 이내 팔을 내리고 냉장고 앞으로 가 물을 꺼낸다. 익숙한 듯 큰 페트병 하나를 통째로 들고 몇 모금을 마시다 내려놓고 옆의 화장실로 향한다. 쏴아아 물이 쏟아지는 소리가 들리고, 그렇게 그녀의 세상에서 하루가 또 시작되고 있다.

단정한 흰 셔츠에 청바지, 잿빛 가디건, 검정 단화. 늘 입는 교복 같은 옷을 입은 그녀는 길을 나선다. 여유로운 오후에 바삐 다니는 사람은 없고, 그녀도 그 길 속에 녹아들어 천천히 걷는다. 울퉁불퉁한 보도블록 사이와 하나의 작은 횡단보도, 그리 가파르지도 완만하지도 않은 오르막길 하나를 익숙한 듯 걷고 걸어 목적지에 도착한다. 날카로운 쇳소리가 나는 철문을 밀고 들어간 곳에는 여러 개의 방이 있다. 그녀는 그중 제일 안쪽의 방으로 들어간다. 한 평도 안 되는 그 조그마한 방 안에는 피아노 한 대만 덩그러니 놓여 있다. 그녀는 그 앞에 철퍼덕 앉으며 들고 온 가방을 피아노 의자 옆에 대충 팽개친다.

"어휴, 더워."

손등으로 대충 땀을 훔치고, 두어 번 손부채질을 하던 그녀는 피아노 앞에서 자리를 고쳐 앉는다.

"흠흠."

가볍게 목소리를 고쳐내던 그녀는 곧이어 소리를 내기 시작한다. 한결같은 '아'로 낮은 도부터 높은 도까지, 더 낮은 솔부터 더 높은 솔까지, 점점 범위를 넓혀가며 그녀가 낼 수 있는 제일 낮은 음부터 높은 음까지 몇 번을 오가며 소리를 낸다. 창문도 없고 오로지 형광등 하나

아래에 피아노와 그녀만이 덩그러니 소리를 낸다. 늘 그래왔듯이 바르고 정확하게. 조금씩 엇나가는 음을 다시금 고쳐잡아 그녀는 그 조그마한 방 밖으로, 날카로운 소리가 나는 철문 밖으로, 한산한 거리를 넘어 세상으로 소리를 낸다.

한참 목을 가다듬던 그녀는 가방 안에서 악보 뭉치를 꺼낸다. 페이지마다 여기저기 알록달록한 글씨들이 음표 위아래, 가사 사이사이를 메꾸고 있다. 몇 페이지를 넘기다 한 곡에 시선이 머무르고, 그녀는 그 곡을 오늘의 연습곡으로 정했다. 〈Pie Jesu〉.

"Pie Jesu, Pie Jesu, Qui tollis peccata mundi…"

조용히 가사를 읊조린다. 시를 읊조리듯 차분한 목소리로, 일정한 템포를 가지고, 천천히 라틴어를 읽어나간다. '자비로운 예수님, 세상의 모든 죄를 사하여 주시는 이여.' 기도를 하듯 천천히 몇 번이고 가사를 읽으며 되씹는다. 그리고 마침내 조심스레 누르는 피아노의 첫 음. 그녀의 노랫소리가 방 안에 가득 차기 시작한다. 화려하고 기교 가득한 노래는 아니지만, 그녀만의 목소리로, 더욱 맑고 곧은 소리로 방 안을 채운다.

그 뒤로 몇 곡의, 몇 번의 노래를 마친 뒤 그녀는 가방을 챙기기 시작한다. 아무렇게나 널려 있던 에코백에 악보와 파일, 필통, 물병을 채워 넣고 자리에서 일어난다. 방문을 열고 나가니 다른 방들에서도 각자의 소리가 한창이다. 누군가의 인생을 들으며 그녀는 천천히 발걸음을 옮긴다. 날카로운 소리가 나는 철문을 밀고 다시 세상으로 나간다. 노래할 때에는 잊고 있던 두통이 다시 인사를 건넨다. 익숙한 듯 걸어 올라온 오르막길을 내려가고 작은 횡단보도를 건너 울퉁불퉁한 보도블록 사이를 지나면 다시 집이겠지. 그녀는 천천히 그 길을 걷는다. 그

짧은 거리가 그녀가 거니는 세상의 전부이며 늘 같은 하루 중에 유일하게 바뀌는 것이므로. 그 세상을 꼭꼭 씹어 또 하루를 살고 내일을 살기 위해 그녀는 천천히, 한 걸음씩 내디뎌 세상을 맛본다. 오늘은 5월, 봄과 여름 사이의 화창한 맛이다. 이 하루를 걸어 그녀는 내일로 간다.

_유미라

아침의 감각

오늘은 날이 흐리다. 온기 없는 아침 빛이 방으로 밀려 들어온다. 부산한 아침 새들의 소리.

꿈을 꾸고 있는 듯 눈꺼풀 아래 눈동자가 움직인다. 얼굴이 꼼지락 꼼지락. 꽉 다물고 있던 붉은 입술도 호흡하는 물고기의 입처럼 뻐끔 뻐끔 미세하게 움직인다. 그리고 잠시 후, 스르르 눈을 뜨는 그녀. 하지만 늘 그렇듯 잠이 덜 깬 두 눈을 다시 잠들고자 하는 의지가 이긴다. 다시 눈을 감는다. 하지만 다시 잠이 들진 못하는 듯 여러 번 뒤척인다.

새벽인지 아침인지 모를, 오늘처럼 평소와 다른 시간에 일어난 것 같은 날이면 한참을 침대에 누워 추리를 시작한다. 빛이 들어오는 각도와 양, 손끝에 만져지는 빛의 온도, 바깥의 새벽 혹은 아침의 소리들, 밤사이 자는 동안 내뱉었을 이산화탄소의 양 등.

알람 소리가 울린다. 상체를 비틀듯이 스트레칭 하며 일어난 그녀는 두어 걸음 걸어가 휴대폰의 알람 정지 버튼을 무심하게 터치한다. 밤사이 온 톡과 댓글 등을 간단히 확인하고, 어제와 같은 잠옷, 어제와 같은 걸음, 어제와 비슷한 하품소리를 내면서 화장실로 들어간다.

자는 동안 몸이 간직하고 있던 수면의 온기가 사라지기 전에 그녀는
간단히 샤워를 한다. 물소리를 맞으며 잠시 서 있는 그녀. 그제야 잠이
온전히 깼다는 듯 동작이 커진다. 물소리는 하루를 깨워주는 감각이다.

일상처럼

아침이 지나자마자 소리가 없어진다. 혼자 있는 시간이 되면 그녀의
목소리는 사라진다. 뜨겁게 끓인 누룽지와 총각무 김치 하나라도 곱
게, 단정하게 차려 먹는다. 밥상이 단출해서 그녀의 움직임에도 불필
요한 동작이 없다. 그녀 외엔 방 안의 어떤 것도 움직임이 없다. 먼지
마저 무중력 상태인 것만 같은 그런 공간의 기운.

보리가 밥 먹는 식탁 밑으로 들어와 꼬리를 흔들기 시작한다. 치악
산 자락에서 피투성이로 쓰러져 있는 녀석을 데려다 키운 게 벌써 9년
전이다. 사람 좋아하고 산책 좋아하는 보리가 밥숟가락 놓자마자 꼬리
를 세차게 흔든다. 설거지를 미루고 집 뒤편 언덕으로 산책 나갈 채비
를 한다. 생수, 물티슈, 간식, 배변봉투 등을 챙겨 넣고 나간다.

적당한 오르막, 조용한 숲길, 아무도 없는 좁은 길. 비 온 후라서 숲
의 컨디션이 더 좋다. 숲이 뿜어내는 냄새가 촉촉하다. 나무둥치에 피
어난 이파리들을 살짝 흔들어본다. 상큼한 냄새에 그녀의 입꼬리가 올
라간다.

숲길에 다다르자 이어폰을 빼고 '소리'를 들으며 걷는다. 보폭도 좁
게, 천.천.히. 숲 것이 아닌 마을 것이 들어왔으니 새들이 제일 분주하
다. 덕분에 귀가 호강한다. 키다리 잡초들을 스치는 손길에 여유가 한
껏 묻어난다.

'잠시 후 해가 지겠습니다'라는 신호를 보내자마자 사방으로 햇살이 퍼지는, 해지기 직전의 시간이다. 하늘을 통째로 물들이는 햇빛이 참 따뜻하다. 아무라도 예뻐 보이는 시간이다. 오늘은 귤꽃 향이 좋아서인지 눈을 감고 어깨까지 들썩이며 호흡한다. '아!' 하고 짧은 탄식을 한다. 걷는 내내 탄식이 이어진다.

길 중간에 서서 오래오래 그림자를 바라보다가 혼잣말로 읊조린다.

"오늘은 어떤 하루가 될 것 같아?"

야생

그때, 오래된 감귤 밭에서 부스럭 소리가 들린다. 이번에는 속도감이 느껴지는 이동 소리 '부스스스스.' 검은 동물이 정체를 드러낸다.

"어, 고양이다. 냐아아아오오옹~ 안녕, 고양아?"

풀숲을 나온 검은 고양이가 달리던 자세 그대로 멈춘다. 그녀를 경계하는 눈빛을 3초간 보내더니, 그녀가 다가가려 하자 잽싸게 다시 덤불 너머로 도망친다. 집을 떠난 고양이는 더 예민할 수밖에 없다. 생존을 가능케 해줬던 주인과 집을 떠났으니 마을이라는 야생에서 살아남으려면 없던 본능이라도 깨워서 가지고 다녀야 할 것이다.

잠시 그녀는 고양이가 사라진 자리를 응시한 채로 서 있다. 고개가 살짝 기울어졌다 다시 돌아오고 먼 곳으로 시선을 던진다. 나무들 너머에 또 다른 자신과 시선을 맞추는 것처럼 초점이 분명한가 싶더니 이내 멍해지는 표정.

'그동안은 너무 달려서 탈이었는데, 그게 너무 당연하다고 생각했는데… 이렇게 종이처럼… 무감하게 살고 있는 이유는 뭘까….'

다시 걷는다. 볕이 뜨거운 날 앉아 있기 좋은, 바다 전망도 훌륭한 소나무 아래, 늘 잘 말라 있는 너럭바위 그늘에 앉는다. 바다를 한참 바라보다가 검지로 바위를 문질러댄다. 그림인 듯 글자인 듯 무언가 계속 쓴다.

내가 잃어버린 '야생'이라는 덤불은 무얼까?

나뭇가지로 흙 위에 '야생'이라고 쓰고 한참을 뚫어져라 쳐다본다.

'또로롱.'

이제 산책을 마쳐야 되는 시간이야, 라고 알려주는 것처럼 휴대폰 문자음이 울린다.

"범아, 저녁 먹으러 와. 냉이랑 달래튀김 해놨다."

마흔 넘어 사귄 옆 동네의 동갑내기 그녀들과는 밥상친구이기도 하다. 음식으로 정을 주고받은 사이는 참 다정하다. 휴대폰 문자판을 두드리면서도 그녀의 눈이 먼저 웃고 있다.

"응. 딸램 학원 끝나면 픽업해서 바로 넘어갈게."

'바삭. 바사삭.' 냉이튀김 씹는 소리가 허공에 퍼진다. 절로 웃음소리가 새어나온다. 한라산이 키워낸 냉이와 야생의 푸릇한 두릅들. 봄 기운으로 키워낸 한라산의 정성, 맛깔나게 차려낸 친구의 정성이 가득하다. 대화를 하는 목소리의 톤도 높아지고 웃음도 많아지고 젓가락질도 점점 바빠진다.

필연적으로 스트레스를 받을 수밖에 없는 곳, '도시와 회사'라는 거친 야생을 벗어나니, 좋은 기운을 품은 야생의 먹을거리들이 찾아왔다.

'어쩌면 내가 잃어버린 야생은 이제 버려야 할 것 같아. 다시 돌아오지 않을 것도 같고. 어쩌면… 바깥으로부터 만들어진 야생이 아닌 내가 판을 까는 야생을 새로 시작해야 할 때인지도 모르겠어.'

그녀는 젓가락 한 짝을 들어 소주잔에 담긴 물을 콕 찍어 상 위에 '시작'이라고 물글자를 써본다. 글자는 완성도 되기 전에 형체를 잃고 사라진다. 아직 마음의 준비가 덜 된 자신을 들킨 것 같아 얼른 닦아낸다.

마음산책

해가 지면 빛과 함께 소리도 사라진다. 적막하다. 그녀는 밤 산책을 하고 싶은지 자꾸만 베란다 아래를 내려다본다. 며칠째 하루 종일 안개다. 거대한 안개가 어둠을 삼키고 있다.

밤마실을 포기한 그녀는 조용히 다탁 앞에 앉는다. 마흔 넘어 시작한 다원을 20년째 곱게 가꾸고 있는 이모가 해마다 보내주는 황금빛 포장의 녹차. 작년에 덖은 우전이 아직 남아 있다. 다관에 찻잎을 조금 덜어 넣고 물을 끓이는 사이 거실을 둘러보던 그녀가 무슨 생각이라도 난 듯 일어나 커튼을 젖힌다. 자리로 돌아와서는 통으로 난 문 쪽으로 다탁의 방향을 옮긴다.

벗이 생겼다. 그녀의 집으로 들어온 '밤'이라는 친구. 찻잔을 한 개 더 올려놓는다. 숙우로 물을 붓고 첫물은 따라낸다. 그리고 다시 물을 부어 빛깔이 우러나기를 기다린다.

빛깔이 우러난다는 건 코로도 차를 만날 수 있다는 이야기다. 차향이 그윽하게 퍼진다.

"다네 달어. 달아서 숲길에서 만났던 귤꽃 향이 나는 것만 같아."

우전이 잘 우려졌는지 살펴보고 찻물이 곱게 든 백자 잔에 따른다. '또로로로', 소음이 없는 한밤중의 공간, 차 따르는 소리가 맑다.

'밤친구'의 잔에도 차를 가득 채우고, 자신의 잔을 들어 후우 불고

한 모금 마신다. 기분이 좋아지는 듯 살짝 웃는 그녀. 차 맛이 좋다는 의미일까, 밤친구가 마음에 든다는 의미일까. 녹차를 우려 자꾸만 감귤꽃 향을 불러낸다. 그리고 낮 동안의 산책이 길었나, 조금 피곤한지 자꾸만 어깨를 눌러댄다.

차 한 잔과 마음산책에 푹 빠져 밤이 늦도록 다탁 곁을 떠나지 못하는 그녀. 내일도 뒷산 산책을 나설, 동네 여자다.

_신범숙

▼

창틀 너머로 햇살이 스며든다. 슬며시 떠진 눈을 꿈뻑거리며 두리번 주변을 살피다 천장을 바라보고 가만히 누웠다. 몇 시쯤 되었을지 오늘은 무슨 요일이고 여긴 어디인지 까만 눈동자를 굴리며 잠시 호흡을 가다듬는다.

매일 아침 오늘이 현실인지 꿈인지 되새겨야 하는 그다. 도통 수면의 질이 마음에 들지 않는 요즘이다. 꿈속을 헤매다 깨는 것이 며칠째, 그의 온 일상이 찌뿌둥하다. 두통과 어지럼증에 괴로워진 이마를 부여잡고 침대에서 내려선다. 차가운 바닥을 맨발로 밟고 서자 온몸의 세포가 깨어난다. 꾸준히 유지하는 아침 스트레칭 덕분에 그래도 한데 모인 근육이 조금은 숨을 쉰다. 발가락 끝까지 피를 몰아 몸의 시동을 걸고 작업방을 향해 걸어간다. 컴퓨터 부팅 소리가 햇살에 닿자 마침내 그의 하루가 열린다. 이 두통만 가신다면 웃으며 시작할 수 있는 아침이라 생각했다.

간밤에 온 메일들을 확인하고 오늘의 할 일을 순서대로 칠판에 써

내려간다. 새하얗고 멍하던 머릿속이 엔진을 켠다. 엉덩이를 의자에 앉히려다 아차, 엉거주춤 다시 발길을 돌려 주방으로 향한다.

그는 잠을 자는 침실 건너편으로 작업실, 작업실과 이어지는 모서리 끝이 거실, 거실과 마주보는 곳에 주방을 가진 24평 구옥 빌라에 살고 있다. 스물네 걸음 안에 그의 24시간이 있고 온 우주가 있다.

아침을 거르는 것이 일상이었으나, 사지 건강하게 태어난 몸을 방치하는 것은 죄라는 생각이 든 어느 날부터 건강과 식습관에 부쩍 신경 쓰기로 했다. 바나나 하나, 흰 우유 한 컵, 꿀 두 스푼을 믹서기에 조심스레 담아 넣고 한데 섞는다. 아침의 적막함을, 그의 우주 안의 고요함을 깨부수는 믹서기 칼날에 정신이 번쩍 든다.

빈속에 달짝지근한 바나나셰이크를 꼭꼭 씹어 넘긴다. 이가 부딪히는 리듬에 맞춰 머리통이 욱신거린다. 두통약도 잊지 않고 찾아 먹고는 다시 열 걸음을 걸어 일터로 향한다.

의자에 엉덩이를 붙이고 앉아 칠판 가득 써둔 빽빽한 일정들을 바라본다. 일이 많다. 고맙기도 하고 귀찮기도 하고 여전히 실감 나지 않기도 한 그다. 사업을 시작하겠다고 호기롭게 직장을 걷어차고 나온 지 만 5년. 살아남기 위해 치열하게 살았다. 사람들의 시선과 판단에는 이를 악물고 귀를 닫았다. 동굴에 숨어 쑥과 마늘을 씹어먹으며 인내하고 또 버텨냈다. 시간은 그를 배신하지 않았다. 빠르게 자리를 잡았고 매출도 급성장해 꽤 잘나가는 청년 사업가가 되었다. 그러나 늘 불안하다. 그에게는 곧 깨어날 꿈 같기도 한 삶이다. 자, 이제 점심 미팅 전까지 서너 시간이다. 큰 숨을 후 털어내고 기지개를 활짝 편 뒤 마우스를 꼬옥 쥐어 잡는다. 컴퓨터 모니터 두 대가 제 빛을 내며 돌아간다.

얼마나 흘렀을까, 고요한 정적과 시곗바늘 초침 소리만 반복되던 작업실에 알람이 거칠게 울린다. 거북목으로 모니터에 집중하며 작업하던 그의 손이 멈칫, 벽에 걸린 시계에 재빠르게 눈길을 준다. 거꾸로 시간을 세어본다. 샤워 10분, 준비 10분, 차에 시동을 걸어 출발까지 5분. 늦어서는 안 되는 미팅이다. 마음이 바빠져 자리를 박차고 일어선다. 뜨거운 물에 온몸을 털어내며 생각한다. 무엇을 위해 이토록 열심히 살고 있나. 애를 쓰며 내가 얻고자 하는 건 무엇일까. 생각이 분주해진다. 더 이상 깊어지지 말자. 솟구치는 내면의 질문들을 스스로 끊어내며 일단 지금은 눈앞의 미팅부터 해치우기로 한다.

신뢰를 상징하는 세미 정장을 꺼내 입고 스마트한 이미지를 심어줄까만 뿔테를 쓴다. 지난 제주여행 때 조금 무리해서 구입한 명품 시계를 왼쪽 팔목에 채우고 거울을 곁눈질하니 꽤 믿음직한 청년 사업가가 서 있다. 이내 그의 미간이 일그러진다. 두통약 기운이 약해지는 모양이다. 잘 닦인 구두를 꺼내 신고 차 키를 손에 꼬옥 쥔다. 살아야지. 뭐 어찌 되었든지 오늘을 살아내고 봐야지.

두어 시간이 훌쩍 흘렀다. 꽤 큰 클라이언트가 될지도 모를 모 회사 부장이 먼저 자리에서 일어섰다. 깍듯하게 허리를 굽혀 인사를 건네며 뒷모습이 멀어져 갈 때까지 자리를 지키고 섰다. 카페 문이 닫히자 그의 한숨도 깊이 새어나온다. 한참을 멍하니 앉아 자신의 어제, 오늘, 내일을 떠올린다. 표정이 어둡게 일그러진다.

재미없고 설렘 없는 하루하루가 쌓여가는 게 무겁고 버거운 그다. 성공과 출세를 위해 사는 것이 참 무의미하고 재미없다. 어떻게 살아야 할까. 무엇을 위해 살아야 할까. 거창하게 바라고 소망하던, 꿈이라 여겼던 것들을 손에 쥐고 보니 이게 뭘까 싶다. 창밖 너머 올려다본 하늘이 두 눈 시리게 파랗다. 초점 흐려진 두 눈에 파란 하늘이 가득 부풀어 오르다 후두둑 떨어진다. 휴대폰을 꺼내들고 익숙한 번호를 누른다.

"우리, 세계일주 갈래?"

며칠 그를 괴롭히던 두통이 신경 너머로 사라진다.

"돌아오는 날은 아무도 몰라."

_ 유안나

먼지가 되어

창문 사이로 아침 햇살이 들어온다. 블라인드를 통과해 들어온 빛이 알람시계의 유리 부분에 가 닿아 반짝인다. 공기 중의 먼지가 햇살 속을 어지럽게 유영한다. 거북이처럼 엎어져 자던 그가 갑자기 눈을 떴다. 하나, 둘, 셋. 눈을 세 번 깜빡이자 기다렸다는 듯 알람이 울린다. '삐비빅 삐비빅 삐비빅.' 그는 그 규칙적인 알람이 채 세 번 울리기도 전에 손을 뻗어 정지 버튼을 눌렀다. 그리고 잠시 여운을 느끼듯 눈을 감고 있다 입을 우물거리며 천천히 일어났다. 비틀거리며 화장실로 들어간 그는 씻고 나와 바로 옷 방으로 향한다. 위에는 잘 다려진 분홍색 와이셔츠를 걸치고, 아래에는 베이지색 바지를 입었다.

그런 다음 책상 위에 정갈하게 일렬횡대로 놓인 연필 다섯 개를 집어 손가방 안에 넣는다. 하나하나 조심스럽게 혹시나 연필심이 다칠까 애지중지하며 가방으로 천천히 모신다. 연필 옆에 놓여 있던 20센티미터 자도 챙겨 넣는다. 이 성스러운 의식이 끝나고 주위를 한 번 둘러본다. 이상 없음을 확인하고 현관으로 나서려는 순간 휴대폰 메시지

알림음이 들린다. '띵동댕동.' 그는 손가방에서 휴대폰을 꺼내 메시지를 확인한다. 메시지에는 생일 케이크 모양의 이모티콘과 '고객님의 생일을 축하합니다'라는 문구가 적혀 있다. 그는 심드렁한 표정으로 휴대폰을 손가방에 집어넣는다. 한 번 더 주변을 둘러본다. 책상 위에 놓인 잡지 가운데 하나가 삐뚤다. 손끝으로 각도를 살짝 틀어 밑에 있는 책들과 나란히 결을 맞춘다. 다시 한 번 집 안 전체를 훑어보고 현관을 향해 너구리처럼 걸어간다.

밖으로 나온 그는 집 근처 병원을 향해 걷는다. 맑은 하늘을 배경으로 길게 이어진 대로. 이 거리를 10분 정도 걸어 병원에 도착했다. 접수를 마치고 의자에 앉아 차례를 기다린다. 괜스레 휴대폰을 만지작거리고 있다가 앞자리에 앉아 있는 아기와 눈이 마주쳤다. 아기 엄마는 누군가와 통화하느라 정신이 없다. 엄마의 감시가 느슨해진 사이에 아기는 뒷자리에 앉아 있는 그를 빤히 쳐다본다. '난 아무것도 몰라요'라는 표정으로 그를 쳐다보는 아기는 입에 엄지손가락을 물고 빤다. 작은 손가락을 타고 투명한 침이 천천히 흘러내렸다.

그는 까만 구슬 같은 아기의 눈동자를 쳐다보며 최대한 흐뭇한 미소를 지어 보였다. 아기는 그의 미소에 반응해 살짝 웃는 것처럼 히죽이다 갑자기 울음을 터뜨린다. 뭔가 못 볼 걸 보고 말았다는 듯 엉엉 운다. 아기가 울자 그의 눈동자에 진도 7 정도의 지진이 발생했다. 그러나 엄마는 갑작스러운 울음에도 당황하지 않고 통화를 계속 이어간다. 휴대폰을 다른 손으로 옮기고 능숙하게 아기의 등을 쓰다듬었다. 그래도 아기는 충격에서 벗어나지 못한 듯 눈물까지 주룩주룩 흘리며 통곡한다. 사람들의 시선이 집중되고 그는 화산 폭발로 흘러나온 마그마에

덴 듯 엉덩이를 들썩이며 안절부절못하다 일어난다. 도망치는 사람처럼 재빨리 병원 문 쪽으로 걸어 나가는데 난데없이 간호사가 등장해 그를 부른다. 그는 마치 미래를 내다본 것처럼 자연스럽게 병원 문 쪽에서 진료실 쪽으로 유턴해 얼른 빨려 들어갔다. 로비에는 여전히 서러운 아기 울음소리가 가득하다.

진료를 마치고 병원을 나온 그는 사무실로 향했다. 사거리를 지나 사거리를 지나 또 사거리를 지나 오른쪽 모퉁이에 있는 건물 3층으로 들어간다. 외투를 벗고 자리에 앉아 컴퓨터를 켠다. 어제 하던 일을 계속하려고 CAD 프로그램을 실행한다. 잠시 후 회사 동료가 나타나 자판기 커피를 내밀며 말한다.

"어제 데이트는 어땠어?"

"데이트는 무슨. 아직은 그냥 썸 타는…, 너 어떻게 알았어?"

"넌 내 손바닥 안이지. 저녁은 뭐 먹었어?"

"그냥 뭐…. 근데 왜?"

"첫 만남에 삼겹살은 그렇지 않냐?"

"너 내 뒷조사하고 다니냐?"

"내가 미쳤냐? 시키면 놈 뒷조사나 하게."

"근데 어떻게 어제 일을…."

"나도 고기 먹으러 갔지."

"넌 누구랑 갔는데?"

"누구랑 가긴. 혼자 갔지."

"삼겹살 먹으러 혼자 가?"

전화가 오면서 대화는 끊겼다. 동료가 전화를 받으며 자기 자리로 돌아가는 사이 그는 어제 휴대폰으로 찍은 사진들을 보았다. 익어가는 삼겹살 사진과 어제 만난 여자가 탄 택시 번호판 사진이 주르륵 이어진다. 그는 사진들을 이리저리 넘겨보다 휴대폰을 책상 구석에 던져 놓았다. 의자에 앉아 자판기 커피를 마시며 멍하니 모니터 화면을 본다. 어느새 커피가 바닥났다. 자세를 고쳐 앉고 마우스에 손을 갖다 댄다. 그때 '이잉' 하고 휴대폰 진동이 울리고 화면엔 어제 그 여자의 이름이 선명하게 떠오른다.

그는 어제 잘 들어갔는지 묻는 여자의 전화에 "당연히 잘 들어갔지요" 하고 너스레를 떤다. 다음 주에 또 볼 수 있는지 묻고 만날 시간과 장소를 정했다. 전화를 끊고 무언의 나이스를 외친 그는 아까 그 회사 동료의 뒤통수를 가볍게 갈긴 다음 자기 자리로 간다. 가입해둔 음악 앱으로 노래를 재생하고 이어폰을 귀에 꽂는다. 고개를 까딱거리며 열심히 도면을 들여다본다. 마우스 잡은 손이 저절로 움직인다.

얼마 후 점심시간이 되었다. 늘 가던 정식 집에서 따끈한 미역국이 나왔다. 휴대폰으로 사진을 찍었다. 그 여자에게 카카오톡으로 보내려다 관두고 페이스북에 올려보았다. 어제 시작한 페이스북. 아직 친구는 없다. 내가 올린 게시물에 내가 '좋아요'를 누른다. 잠시 미역국 사진을 감상하다 사무실로 돌아와 다시 일을 시작했다. 사무실 책상 사이로 한참 사람들이 오고 간다. 그는 도면 작업에 몰두해 있다. 조금씩 주변이 잠잠해진다. 하나둘씩 일어나 외투를 입는다. 퇴근할 시간. 그는 귀에 꽂은 이어폰을 빼고 작업하던 도면을 USB에 담았다. 입에 물고 빨던 양갱을 마저 처리하고 일어나 손가방을 들었다. 가지런히 놓인 연필 다섯 자루, 그리고 20센티미터 자 하나를 조심스레 손가방 안에 집어넣는다. 하나씩 하나씩.

    사무실 문을 나서 건물을 빠져나오니 거리는 깜깜하다. 길게 이어진 대로를 따라 걸었다. 그는 자기 발걸음의 무게를 잰다. 처음엔 가벼웠다 갈수록 진지해지는 술집 대화처럼 자기도 모르게 무거워진다. 바람이 세게 분다. 허공에 회초리 휘두르는 소리 같은 게 이어진다. 어릴적 엄마 지갑에 손댔다 맞은 그 회초리 소리 같다. 그는 혼자 사거리를 지나 사거리를 지나 또 사거리를 지나 집으로 향한다. 가던 길에 얼룩무늬 고양이 한 마리가 불쑥 나타나 그를 보며 울었다. 잠시 멈춰 고양이를 쳐다보니 그 고양이 옆에 서 있는 흰색 차 아래에 아기 고양이 세 마리가 엉켜 있다. 그는 손가방에서 편의점 소시지를 하나 꺼내 던져준다. 고양이는 소시지를 물고 사라졌고 그는 사라진 자리를 잠시 보다 다시 갈 길을 간다.

    집으로 돌아온 그는 씻은 후 얼마 전 구입한 무중력 의자에 앉았다. 휴대폰을 들여다보다 더 이상 할 게 없어 소파로 던진다. 다시 아무도 없다. 창밖을 보니 비가 내리기 시작한다. 의자에서 일어나 거실 장식장에 놓인 액자 하나를 가져온다. 그 안에 끼워 둔 엄마 사진을 꺼낸다. 무중력 의자에 앉아 날것 그대로의 사진을 본다. 끝부분을 손으로 쥐고 이렇게 저렇게 살핀다. 조용히 사진을 내려놓는다. 엄마 사진에 이마를 댄다. 눈을 감은 그의 어깨가 잠시 흔들린다.

    고요한 거실엔 정적만 남아 먼지처럼 가라앉는다.

_ 서효봉

WEEK 8

다른 시각으로 표현하기

사물의 시각

▼

나는 한 오라기 초록색 뜨개실로 시작되었다. 나를 지은 이는 아름다운 40대의 여인이었다. 그녀는 경제력 있고 다정한 남편, 똑똑하고 성품 좋은 두 아들과 함께 안락한 생활을 꾸리고 있었다. 40대라고는 믿기지 않을 피부와 아름다움을 지닌 그녀는 이 가정의 완벽함을 완성하고 있었다.

안락함과 안정에서 오는 권태로움이 그녀로 하여금 뜨개실을 만지게 하였고 그 속에서 내가 만들어질 수 있었다. 그녀는 나를 완성하고 매우 만족해 했으며 SNS에 나의 사진을 올렸다. 그녀 지인의 아이가 SNS를 보고 말았고 나를 갖고 싶어했다. 하지만 그녀는 한 땀 한 땀 정성을 기울여 만든 첫 작품인 나를 타인에게 주고 싶지 않았다. 대신 겨울이 될 때 다시 뜨개실을 집어 크리스마스 선물로 보내주겠다고 약속했다.

하지만 겨울이 되기 전, 그녀의 안락함을 방해하는 암세포가 등장했다. 그녀는 항암치료를 앞두고 나를 그 꼬마에게 보냈다. 크리스마스 선물로 새로 만들어주지 못할 거 같아 미안하다는 말과 함께. 그렇게 나는 두 번째 주인에게 보내졌다.

꼬마 주인은 나를 무척 좋아했다. 꼬마는 공룡을 좋아했고 초록색을 좋아했다. 나는 꼬마에게 딱 맞는 이상적인 인형이었다. 눈을 감고 있는 나의 모습을 보고 꼬마는 '쿨쿨이'라는 이름을 붙여주었다. 꼬마는 항상 나를 데리고 다녔다. 일시적인 애착이라 생각했지만 그 애착은 1년을 훌쩍 넘겼다. 꼬마들의 세계에서는 매우 긴 시간이다. 나는 노화되었다. 콜라겐이 빠지듯 몸의 탄력은 떨어졌고 뜨개실엔 보풀이 일었다. 그래도 꼬마는 변함없이 나를 사랑했다. 그렇다, 그건 사랑이었다. 애착을 넘은 사랑.

꼬마는 초등학교에 입학하게 되었다. 학교엔 장난감을 가지고 가면 안 되었지만, 꼬마는 등교 때 엄마 몰래 나를 책가방 앞주머니에 넣었다. 학교에서 나를 꺼내지는 않았다. 하지만 꼬마는 내가 책가방 안에 있다는 것만으로도 든든함을 느꼈다. 꼬마는 자신의 일상을 모두 나와 공유하고 싶어했다.

"이러다 쿨쿨이 영혼 생기겠다!"

어느 날 꼬마의 엄마는 푸념하듯 꼬마에게 말했다. 그녀는 모르고 있었다. 나에게 이미 영혼이 생겼음을. 꼬마의 사랑은 뜨개실 한 올 한 올에 스며들었고 급기야 나에게 영혼이 생긴 것이다. 영혼만이 아니라 감각마저 생겼다. 어느 날 꼬마의 엄마가 나에게 화풀이를 하며 나를 내동댕이쳤다.

"아야!"

아프다는 것이 이런 느낌이구나. 통증과 함께 기쁨도 있었다. 아,

내가 살아 있구나. 나는 영혼도 있고 감각도 있는, 살아 있는 꼬마의 친구구나.

"쿨쿨아! 괜찮아? 엄마 미워! 쿨쿨이를 왜 던져!"

급하게 내게 와 '호~' 해주는 나의 꼬마 주인. 비행기를 태워주겠다며 나만을 위한 비행기도 만들어주고 병원 진료도 받을 수 있게 차트까지 만들어준 꼬마 주인. 너와 함께한 지 이젠 거의 2년이 되어 가. 내가 다시 뜨개실로 풀어져 형체가 없어지게 될 때까지, 너는 여전히 나를 사랑해줄까. 너의 유년시절, 너의 동심이 한 올 한 올 나의 초록색 뜨개실에 스며들어 있어. 더 이상 나에게 관심이 가지 않게 될 때, 나의 영혼도 빠져나갈 거야. 하지만 어딘가에 나를 보관해주길. 유년시절의 추억이 담긴 초록색 뜨개실 한 오라기를.

_김리아

4B연필: 성명학

난 내 이름이 참 좋아.

누군가 '4B연필―' 하고 소리 내어 부를 땐 뭐랄까 그 사람이 가진 추억까지 함께 소환해내는 것 같거든. 어떤 대상을 그리기 위해 나를 손에 쥐었을 땐 그 피사체를 꽤 오랫동안 바라봤을 거야. '오래'라는 것은 시간을 두고 하는 말이 아니야. 대상에 대한 애정의 정도를 의미하지.

그 엄청난 순간에 내가 등장하다니! 4B연필이 탄생한 이후로 얼마나 많은 동지들이 그 깊은 애정의 순간에 결정적 그림들을 그리게 도와줬을까 생각하면 지금도 가슴이 뭉클할 정도란다. 그러니 인류역사상 위대했던 화가들은 나, 이 몸, 4B연필이 만들었다고 해도 과언이 아니지.

또 4B연필이란 이름에는 운명적으로 소멸이 담겨 있지. 사람들이 나를 선택하는 이유이기도 하고. 내 운명을 거부하고 싶다고 해도 내가 세상에 나온 이상, 난 시간의 마지막을 향해 조금씩 닳아갈 수밖에 없어. 한 뼘보다 크게 훤칠하던 키가 손가락 정도로 작아지면 본래 내 이름인 4B연필보다 몽당연필이라는 통칭으로 불러대니 그럴 때마다 정말 괴로워. 그러니 제발 소원하건대 나를 너무 사랑하지는 말아줘. 나도 좀 오래 장수하고 싶다고.

4B연필: 쵠장론

나는 숲에서 시작되었지만 나의 마지막이 어디가 될지는 신도 모르는 우주의 비밀. 숲을 푸르게 만드는 데 일조했어도, 입시미술학원 수험생 손에 들어가면 십중팔구 무표정한 표정으로 기계적인 그림을 그리다가 쓰레기통에서 운명을 달리하게 될 거야.

다행히 작년 지금의 주인을 만났을 땐, 나를 꺼내 만지작거리는 촉감에 왠지 기분 좋은 인연일 것 같은 느낌이 있었어. 스케치북에 선을 그어대는 폼이 영락없는 초보자였지만, 어라? 이 친구 나를 그러잡는 손에 행복한 기운이 담겨 있네? 닳을 때마다 나를 곱게 깎아주는 손길만 봐도 알 수 있거든. 나무살을 깎아내고 까만 흑심을 드러내도 그저 예쁘다 바라봐주는 눈길과 손길. 좋다! 그거 하나면 됐다! 내 한 수 가르쳐주지! 평생 하고 싶었단다. 그림 그리기.

처음에는 맑은 수채화를 그리고 싶어 시작한 그림이었는데 어쩌다 나 같은 성격 좋은 4B연필을 만나 10개월째 놀멍쉬멍 데생만 하고 있단다. 연필이 표현해내는 빛의 깊이가 가면 갈수록 새롭단다. 기특한

쥔장이다. 노화된 팔 근육을 열심히 굴려야 하는 근육운동의 시기를 지나 어느새 인물화까지 완수해냈다.

그리고 나는 그렇게 싫었던 몽당연필이 됐다. 다행이다. 이번에는 참 예쁘게 닳아서. 행복하게 사라질 수 있을 것만 같아서.

난 4B연필이다.

_신범숙

식물의 시각

▼

"앗! 벌써 해당화가 피는 계절인가?"

그녀가 내 앞에 서서 놀랍다는 듯 눈을 크게 뜨고 내게 말을 걸었다. 정확히 말하면 내가 아니라 그녀 자신에게 하는 말이겠지만 가던 길을 멈추고 나의 존재를 오랫동안 바라봐주는 그녀의 알은체가 좋아서 조금 우쭐해진다. '그래, 지금은 바로 나, 해당화의 계절이야!' 그러면 봄과 함께 유명세 떨치던 우아한 벚꽃과 유난히 색이 짙어 어여쁜 철쭉이 나를 비웃었다. 겨우 한 명 붙잡은 것으로 유난 떨지 말라며 얼마 전 자신들의 화려했던 날에 대하여 늘어놓곤 했다. 애쓰지 않아도 사랑받는 그들의 꽃잎이 나를 뒤덮던 날들이 지나고 이제 겨우 나의 시절이 도래하였건만 피고 지는 일은 별일 아니라고 말하는 그들 앞에서 나는 언제나 한없이 작아졌다. 들릴 듯 말 듯한 목소리로 나는 여름을 알리는 꽃이야, 하고 말하면 그건 네가 아니라 장미의 일이라고 단번에 못을 박듯 말했다. 실제로도 이곳을 지나는 많은 사람들이 나와 장미를 단단히 오해하기도 했기에 아무런 반박도 할 수 없었다. 입술을 꾹 다문 채로 여전히 내 앞에 서 있는 그녀를 바라보았다. 아무러면 어 떠하리. 이미 누구인지도 모를 만큼 짙어진 초록의 그대들의 이야기야 모두 지난날일 뿐이고 나에게는 지금 당장 알아봐주는 그녀가 있다. 만약 내가 누군가를 사랑해야 한다면 나의 피고 지는 일을 허투루 지나 는 법 없이 언제나 쓰다듬듯 나를 부르는 그녀를 사랑하기로 한다. 홍 자색 꽃 한 번 틔우는 일이 그녀의 기쁨이라면 나는 여름이 오기 전까 지 몇 번이고 그녀를 위해 피어올라야지. 활짝 펼친 옷깃에 향기를 적 시고 그녀를 불러 세워 부끄러운 줄도 모르고 그녀에게 사랑을 고백해 야지. 그렇게 마음먹었다. 그러니 부디 여름이여, 더디 오시기를.

_ 김차경

동물의 시각

▼

적막이 넓게 깔린 늦은 밤 누군가 터벅터벅 걷고 있다. 사실 사람이 걷 고 있어야 하는 시간은 아닌데 이상하게 숲 한가운데로 걷는 사람이 있 다. 나는 소리 없는 날갯짓으로 이 나무에서 저 나무로 옮겨다니며 낯 선 사람에 가깝게 다가가본다. 사지를 늘어뜨린 채 터덜터덜 걷던 그 사람은 이윽고 한자리에 멈추어 서서 하늘을 한 번 쳐다본다. 들어올 린 얼굴을 보니, 며칠 전 한낮에 길도 없는 숲 한가운데를 무언가 찾 듯이 두리번거리던 사람이다. 그때도 길 없는 곳을 오가며 부엉이 신 경 쓰이게 하더니…. 오늘은 마치 그 잊은 것을 확인하는 듯 나뭇가지

하나하나를 살피더니 무릎 높이 정도 되는 그루터기에 걸터앉는다. 품 안에서 양장과, 이 숲과는 어울리지 않는 암벽등반용 자일을 꺼낸다. 몇 번은 해본 듯 숙달되지는 않았지만 그래도 실수는 없을 정도의 속도 로 차분히 자일로 매듭을 짓는다. 그루터기에서 한 걸음 정도 떨어진 거리에 성인남자 허벅지만 한 가지가 하나 있는데, 거기에 자일을 툭 걸치더니 한 바퀴 돌린다. 동그란 고를 끌고 머리까지 길이를 재보며 늘였다 줄였다 하더니 나뭇가지에 다른 매듭을 짓는다. 동그랗게 이어 진 구멍에 양팔을 대고 힘껏 매달려보기도 한다. 그는 앉았던 그 그루 터기에 발을 딛고 올라가 고를 손으로 잡는다. 한숨을 한 번 쉬고는 떨 리는 손으로 서서히 그 고로 머리를 들이밀고 있다.

나는 짜증이 치밀었다. 크게 몸을 부풀려 고를 통과해 그 사람의 얼 굴 위로 날아들었다. 그리고 동료들을 부르기 위해 울부짖었다. 당신 이 여기서 그렇게 목숨을 버림으로써 당신을 찾으러 이 숲으로 들어올 사람들 때문에 혹시나 나의 보금자리가 파괴될까 걱정이 되었다. 나의 모든 가족들은 그에게 조용하지만 매우 공격적으로 날아들었다. 히치 콕의 새만큼 화려하고 공격적이진 않았지만 배트맨이 박쥐에 트라우마 를 갖게 된 정도는 해줄 수 있을 것 같다. 아마도 그는 적어도 이 숲에 서는 두 번 다시 그런 생각을 못하리라. 아니, 영원히 그런 생각을 못 하게 해주리라. 더욱더 바쁘고 부산하게 우리 가족 대여섯은 사방에서 그를 치고 날아오르기를 반복했다.

멍하게 있던 그에게 안광이 돌아왔다. 그는 자일을 팽개치고 달아 나기 시작했다. 우리는 조용히 그를 쫓으며 그가 멈춰 설 때마다 반짝 이는 수십 개의 눈으로 쳐다봐주었다. 숨이 턱까지 찼던 그가 뒤를 확인하며 돌아설 때 더욱더 몸을 크게 부풀려주었다. 덕분에 그는 멈추지 않고 수백 미터를 달려 인가 근처까지 뛰어내려갔다. 그는 어느 집 문을 미친 듯이 두드렸고 그 집 주인은 문을 열까 말까 망설이다가 그를 집 안으로 들여보내주었다.

당분간 그는 이 산을 오르지 않을 것이다.

_이지EZ理智

▼

아침부터 1호 부동산이 북적인다. 부동산에서 일하는 나이 많고 키가 작은 남자는 우리를 위해 매일같이 사료를 준비해준다. 우리는 세워진 자동차 밑이나 건물 사이 작은 틈에서 남자가 문 앞에 사료를 놓아주기를 기다린다. 드디어 남자가 문을 열고 나와 사료를 내려놓고 들어간다. 우리는 잠시 뜸을 들이며 눈빛을 주고받는다. 오전의 1호 부동산 앞 사료는 동네에서 가장 오래 머무른 순서대로 먹기로 약속하였기 때문에 오늘도 어김없이 동네 터줏대감인 검정 고양이 씨가 먼저 앞장을 섰다. 지나는 사람들을 경계하며 검정 고양이 씨가 사료를 먹고 나면 두 번째 순서로 내가 나선다. 검정 고양이 씨는 다가오는 나를 보며 잘 지내는지 안부를 묻는다. 예전이라면 오가며 자주 만나 안부를 물을 필요가 없을 테지만 요즘 검정 고양이 씨는 길 건너 옆 동네까지 왕래하느라 얼굴 보기가 힘들다. 오늘도 여기서 아침을 해결하고 길을 건넌다고 했다. 그것 좀 위험하지 않으냐고 걱정스럽게 물으니 한 번 사는 인생 좀 더 넓은 세상을 만나보고 싶다고 그가 말했다. 그를 휘감은 검정 털이 오늘따라 유난히 반짝이는 듯하다. 이야기를 주고받다가 주변의 기다리는 눈빛이 따가워 그를 뒤로한 채 나 역시 사료를 먹었다. 순서를 기다리는 고양이들이 많아 배불리 먹지는 못하고 자리를 떴다. 그가 걸어갔을 방향을 바라보며 옆 동네를 상상해보았지만, 도무지 머릿속에 그려지지 않았다. 그곳에 간다고 세상이 넓어지긴 하는 걸까. 나로선 조금도 가늠되지 않았다. 햇빛을 따라 걷는다. 1호 부동산과 2호 부동산 사이에는 꽤 많은 카페가 있는데 그중 한 곳에서 물을 얻어 마시기로 했다. 대개는 문 앞을 서성이면 금세 물과 간식을 가져다준다. 오늘은 꽃이 마구 핀 화단을 가진 노란색 간판의 카페가 마음에 들었다. 문 앞에 앉아 매무새를 단장하자니 모자를 푹 눌러쓴 동글동글한 여자가 나와 줄 수 있는 것이 물밖에 없다며 내 앞에 슬그머니 놓아주었다. 뭐 할 수 없지, 그런 표정으로 새침하게 물을 마시고 그녀의 발아래를 조금 뒹굴었다. 나름의 고맙다는 표시일 뿐 마음을 열어 너에게 가겠다는 것은 아닌데 마치 내가 제 것이라도 된 양 기뻐하는 그녀의 표정을 보니 오늘의 선택이 그리 좋은 편은 아니었다는 생각이 들었다. 다시 길을 나선다. 오늘은 내 키만큼 자란 풀숲에서 낮잠을 자면 어떨까 하고 화단에 껑충 뛰어올랐다. 카페 앞에서 뒹굴어 흐트러진 털들을 다듬고 온몸을 풀 냄새로 치장하였다. 볕이 좋은 곳이다. 금방 등이 따끈따끈해졌다. 눈꺼풀이 감기는 와중에도 상상마저 불가능한 검정 고양이 씨의 넓은 세상이 잊히지 않았다. 이곳이 더는 새롭지 않아도 매우 안정적인데 이상하게 자꾸 그 새로움이 궁금했다. 도대체 검정 고양이 씨는 왜 안정을 포기하고 위험한 길을 건너는 것일까 의아했다. 아니, 애초에 지금 나의 삶이 안정적이긴 한 걸까. 선뜻 대답을 찾지 못하고 무거워진 눈꺼풀을 질끈 감았다.

_ 김차경

▼

흥부와 놀부: 놀부의 이야기

동생에게 난 늘 참 미안하고 못난 형이지. 잘 알고 있지만 그래도 난 우리 흥부를 강하고 책임감 있는 남자로, 당당한 한 사람으로 살게 도와주고 싶었어. 부모님이 너무 빨리 돌아가시는 바람에 흥부가 동네에서 늘 기가 죽은 모습을 보면 마음이 아팠지. 열심히 남의 농사를 돕고 밭을 갈아 돈을 모았어. 흥부에게 배부른 한 끼를 주고 싶었고 따뜻한 옷 한 벌 걸치게 해주고 싶었지. 대신 힘든 일은 시키고 싶지 않았어. 내 눈에 너무 여리고 어린아이 같았거든.

마을 큰 부자 어르신 댁에서 열심히 일해서 나는 결혼도 하고 아이도 낳았어. 흥부도 물론 나와 같이 살았지. 내가 너무 귀하게 동생을 키워온 걸까. 나에 대한 의존도가 너무 컸던 흥부는 스스로 일하거나 돈을 버는 방법을 몰랐고, 늘 일하다가 쫓겨오기 일쑤였어. 너무 속이 상했지. 어느 날부터 흥부는 나와 내 아내가 벌어오는 쌀과 돈을 당연하게 생각하며 아무것도 하지 않기 시작했어. 나는 이대로는 내 동생이 멋진 남자도, 아빠도 될 수 없을 것 같아서 동생을 독립시키기로 결정했지. 건넛마을에 집을 구해주고 열심히 한번 스스로 살아보라고 했어.

아마 흥부가 많이 섭섭했을 거야. 동네 사람들에게 부모님의 재산을 내가 다 빼앗고 본인에게는 한 푼도 주지 않은 채 쫓아버렸다고 말을 했다지. 크게 신경 쓰지 않았어. 나는 내 동생이 스스로 삶을 개척하고 부딪히며 성장할 수 있다면 그것으로 충분하다 생각했으니까. 이상한 소문만 마을에 가득 남기고 그 녀석은 우리 집에 발길을 끊었어.

사오 년쯤 지났을까. 어느 날 흥부는 자기 아이라며 어린아이 여러 명을 데리고 다짜고짜 집으로 왔어. 어리둥절한 내게 이 아이들을 거둬달라며, 키울 자신이 없어서 데리고 왔노라 말하며, 자신은 이제 진짜 사랑하는 사람과 살겠다 했지. 부엌에서 막 저녁밥을 짓던 아내가 놀란 토끼 눈으로 뛰어나와서 흥부 도련님 왔느냐며 얼싸안고 눈물을 흘리며 반겨주었어.

한 손에 들려 있던 주걱에 묻은 밥풀을 보자 어린아이 하나가 달려들었지. 배가 많이 고팠던지 아이들이 이내 서로 엉켜서 주걱을 빼앗아 바닥에 뒹굴었어. 흥부는 엉거주춤 엉덩이를 뒤로 빼더니 그대로 뒤돌아 달렸지. 어디로 가는 걸까. 난 이 불쌍한 아이들과 도망가는 저 아비의 뒷모습을 번갈아 보며 꼼짝없이 그 자리에 얼어붙어 있었지. 미안하다, 흥부야. 다 내가 너무 못나고 부족해서 널 제대로 가르치지 못했구나. 형은 그저 네가 남들 같은 남자, 아빠로 살아주길 바랐는데 그것조차 내 욕심이어서 미안하다.

_ 유안나

▼

우리는 광부였다. 7인 1조가 되어 금을 캐는 숲속의 광부들. 사실 우리는 일개 나무꾼에 지나지 않았다. 나무를 캐며 살던 어느 날 우연히 금광을 발견했고 그때부터 우리의 팔자는 피기 시작한 것이다.

난쟁이의 몸으로 얼마나 괄시를 받으며 살아왔던가. 여자들에게도 싸늘한 시선을 받아야 했던 우리는 결혼을 포기하고 우리끼리 살아보자며 숲으로 왔던 것이다. 독신남 일곱 명의 인생이 하늘도 안타까웠

던지 나무를 캐던 어느 날 금광을 발견할 수 있도록 도와준 거 같다.

왕궁 소속의 사냥꾼과 연이 닿아 그를 통해 왕궁과 금 거래를 하였다. 마을 사람들이 알면 골치 아파질 것 같아서 우리의 직업은 철저히 비밀에 부쳤다. 그러던 어느 날, 사냥꾼이 다급하게 문을 두드렸다. 국왕의 딸을 숲으로 보낼 터이니 잘 보살펴 달라는 것이었다. 현재 국왕과 금 거래를 하고 있는데 왕비가 그 사실을 알게 되면 자기의 커미션에 문제가 생길 것이라며 국왕이 죽은 후엔 공주와 거래선을 터야 한다고 했다.

사냥꾼의 말대로 어느 날 백설공주가 우리의 집으로 왔다. 아마 사냥꾼이 일부러 우리 집 근처로 안내한 거 같다. 백설공주는 예쁘장하기만 했지, 천상 공주였다. 제 손으로 할 수 있는 것은 하나도 없었다. 우리는 그녀의 뒤치다꺼리가 영 번거로웠지만 미래의 거래선이니 어떻게든 신뢰를 심고 호감을 사려고 할 수밖에 없었다. 다 투자라 생각하고 성심성의껏 그녀를 돌봤다.

그런데 이 똘똘하지 못한 공주가 우리가 없는 사이 자꾸만 사고를 쳤다. 한번은 돌아와보니 목에 레이스 끈을 감은 채 쓰러져 있었다. 레이스 끈을 잘라서 겨우 정신 차리게 했다. 또 어떤 날은 영문 없이 쓰러져 있었는데 도저히 이유를 알 수 없었다. 머리부터 발끝까지 더듬거려보다가 작은 빗이 머리카락에 걸려 있는 것을 발견하였다. 냄새를 맡아보니 독이 묻은 빗인 거 같았다. 빗을 빼니 얼마 지나지 않아 그녀는 눈을 떴다.

"혹시 백설공주가 아니라 백치공주 아니야?"

우리는 서로 수군댔다. 낯선 사람을 조심하라고 그렇게 일렀거늘 매번 속는 모습을 보니 답답했다. 그래도 목구멍이 포도청이라 어쩔 수 없었다. 그녀는 살아야 했다. 미래의 고객이니까. 필사적으로 그녀를 구했던 이유다.

그날도 집이 가까워지자 불길한 예감이 들었다. 언제부터인가 퇴근 길이 무서웠다. 처음에는 덩치는 크긴 해도 예쁘장한 여인이 맞이해주니 퇴근이 즐거웠다. 하지만 문을 열면 쓰러져 있는 모습을 두어 차례 보니까 이젠 퇴근하고 문을 여는 것이 두려운 것이다. 서로가 먼저 문 열라며 실랑이 하기 일쑤였다.

"그래, 오늘은 가위바위보를 하자. 가위, 바위, 보!"

막내 놈이 졌다. 그놈이 문을 열었다. 아니나 다를까, 또 쓰러져 있 다. 이번에는 또 무슨 일인가. 그녀의 옆에 먹다 만 사과가 뒹굴고 있 었다. 아, 독사과를 먹었구나. 정말 가지가지한다.

"이건 팔자야. 우린 최선을 다했어. 국왕이 죽으면 왕비를 고객으로 삼자. 사냥꾼에게는 그렇게 이야기해야겠어. 커미션 줄어드는 건 감수 해야지 뭐. 일단 백설공주는 그간의 정도 있고 하니 마지막 가는 길은 우리가 신경 써야지, 어쩌겠어."

유리관을 짜서 이동 중에 마침 숲을 지나는 이웃나라 왕자를 만났 다. 유리관에 비친 백설공주의 모습에 반한 그는 잠시 멈추라고 하더 군. 멈추려고 하는 동안 우리는 휘청댔고 그 와중에 백설공주의 목에 서는 사과가 튀어나왔다. 이쯤 되면 백치공주이자 불사조라 하겠다. 깨어난 백설공주는 왕자가 자신을 구한 걸로 아는 모양이었다. 마을 저 멀리서 종이 울렸다. 그게 무슨 계시인 듯, 둘은 꿀 떨어지는 눈빛 을 하고 있더군.

여하튼 우리로서는 다행이었다. 둘은 결혼을 하게 되었고 사냥꾼과 우리는 분주했다. 본의 아니게 무역을 할 수 있게 된 셈이었다. 두 나라 모두에 금을 거래할 수 있게 되었다. 둘의 결혼이라니, 이건 뭐 소가 뒷걸음치다가 쥐 잡고, 님도 보고 뽕도 따는 셈 아닌가. 그간 백치 공주 살린 보람이 있었다. 왕비는 성격은 포악해도 똑똑한 사람이라 자칫하면 우리 정체가 탄로날 뻔했다. 거래를 해도 착취구조가 될 것이 뻔했으므로 어떻게든 백설공주에게 선을 대려고 했던 것이다. 자고로 호갱을 확보하는 것이 장사치에겐 중요하다.

부디 영원히 행복하길. 우린 이 결혼 찬성일세.

_ 김리아

▼
《피리 부는 사나이》의 생존자: 절름발이 소년

그 피리 소리는 정말 매력적이었어. 피리 소리가 들리는 순간, 난 불편한 다리를 절뚝거리면서 광장으로 나갔지. 북적북적 피릴리리. 정말 온 동네 아이들이 다 쏟아져 나온 것 같았어.

쥐를 몰아내준 키다리 아저씨의 피리 소리는 마치 고소한 빵 냄새 같기도 했고, 매일 오후 4시만 되면 흘러나오는 초콜릿 공장의 달콤한 냄새 같기도 했고, 피아노 선율 같기도 했어. 이렇게 아이들이 좋아하는 것들을 다 담은 것 같은 피리 소리인데 어떻게 따라가지 않을 수가 있겠냔 말이지.

아, 내 소개가 늦었구나. 난 찰스야. 《피리 부는 사나이》에 나오는 그 절름발이 소년. 독일 하멜른에선 날 모르는 사람이 없지. 동굴 속으로 아이들이 모두 사라지고 유일하게 남은 아이가 나였으니까. 물론, 품 안의 갓난쟁이들은 몇 남아 있었지만.

그때 동굴 문이 닫히고 난 후에도 난 한동안 매일 동굴을 찾아갔어.

동굴 틈에서 친구들의 웃음소리가 들리는 것만 같았거든. 무슨 좋은 일이 있길래 저리 웃는 걸까? 쳇! 이게 다 약속을 쉽게 생각하는 욕심쟁이 어른들 때문이라고.

그나저나 마을은 검은 먹물을 통째로 흩뿌려 놓은 것처럼 깊은 슬픔에 빠져버렸어. 집집마다 램프를 켜도 전혀 환해지지가 않았지. 쥐가 있었던 때는 불평불만의 목소리라도 있었는데, 아이들이 사라지고 난 후엔 집집마다 우는 소리밖에 안 들렸거든. 쥐들이 사라지고 난 곳에 눈물의 강이 흐르고 있었어. 길에서 마주치면 어른들은 "네가 우리 마을에 마지막 남은 희망이다"라고도 했지만, "그때 우리 아이 표정은 어땠어? 행복해 보였어? 억지로 끌려가는 표정은 아니었어?" 하고 묻곤 했다.

그런 질문을 받을 때면 참 난감했다. 난 맨 꼴찌로 따라가느라 아이들 뒤통수밖에 못 봤는데 말이지. 부모님은 내가 다리를 절뚝거려서 다행이라고 말했지만, 옆집 세바스티앙네 부모님 앞에서는 그마저도 하지 못할 말이었다. 난 매일 물에 젖은 두꺼운 솜옷을 입고 다니는 기분이었다. 생존자에게 '다행'이란 단어는 '슬픔'의 또 다른 말이기도 하다.

동네 아이들이 다 사라지고 나자 가장 큰 문제는 무엇이든 같이 하던 아이들이 모두 사라졌다는 거다. 놀 친구가 없다니! 학교도 문을 닫은 지 오래됐다. 시간이 흐르고 슬픔이 점차 희미해지자 살아남은 자의 힘겨움은 어이없게도 심심함이 되어버렸다. 친구들이 보고 싶었다. 내겐 너무 가혹한 슬픔이었다.

_ 신범숙

▼

딸아.

하고 싶은 게 너무 많은, 세상에서 제일 귀한 딸아.

침대에서 음식을 먹어도, 젓가락질을 여전히 못해도, 아빠가 말려주지 않으면 머리도 안 말리고, 계속 새 옷을 꺼내 놓는다고 엄마가 잔소리를 해도 아빠는 다 괜찮았지. 뭐든 너 하고 싶은 대로 해주고 싶었어. 세상은 네게 그렇게 허용해주지 않을 테니 우리 집 안에서만이라도 자유롭기를. 번거로운 것은 아빠가 대신 해주면 되니, 그것이라도 아빠가 해줄 수 있는 게 있다면 다행이었지.

그래서 결혼식장에서 네 손을 놓고 싶지 않았어. 어쩜 너의 자유를 놓는 것인지도 모른 채 너는 어찌 그리 활짝 웃었을까. 새로운 가족을 만드는 일, 사회의 구성원이 되는 일, 우리 딸이 당연히 잘할 거라 믿으면서도 걱정은 단 하나였단다. 너는 새로 주어진 상황의 구속과 압박을 어떻게 받아들일까. 사회에서 배우며 자라났을까 아니면 아직까지 너를 보호해주는 곳에만 머물렀을까. 후자일 가능성이 크다고 생각했어. 천진난만한 꿈을 열 개씩은 꾸며 사는 삼십 대의 너를 보며 기쁘지만 불안했단다.

얼마 전 네가 아빠에게 동그란 눈을 뜨고 물었지. 누구에게 피해가 가는 일이 아닌데 뭐가 문제냐고.

"내 일이잖아. 내가 결정할 권한이 있잖아."

그 말에 아빠가 화가 났지. 너에게 있는 권한 안에는 너의 가족을 배려하고 위해야 한다는 권한도 있단다. 너는 네가 받은 사랑을 보답

할 의무도 있단다. 사실 늘 그래왔던 건데 아빠가 가르쳐주지 못한 것 같아 화가 났어.

"그럼 나를 설득할 수 있으면 되잖아. 설득이 안 되는 행동을 할 수는 없어."

그 말에도 화가 났어. 모두가 너처럼 말을 잘하지는 않아. 설령 잘 할 수 있다 하더라도 하지 않기도 하지. 말에 베인 상처가 얼마나 따가운지 아니까. 아끼는 너에게 언성을 높이고 싶지 않으니까. 너는 논리적이면 상처받을 일이 없다고 믿는 바보지만 다른 이들은 알고 있단다. 너의 차가운 이성이 다른 이의 마음을 얼게 하고 네가 받은 상처는 무감각하게 만드는 것을.

어떻게 가르쳐야 할까. 아무것도 할 수 있는 게 없어 아빤 화가 났어. 네 말대로 너를 설득하기에는, 아빠가 가지고 있는 수많은 생각이, 정리되지 않은 경험이 버거웠단다. 다른 어른들이 하는 말, 몇 가지 안 되는 결론들이 세상을 살아가는 이치라고 차마 아빠 입으로 뱉을 수 없었어.

어쩌면 좋을까. 이제 와서 너에게 아빠는. 이제 더 이상 매일 머리를 말려주고 떨어진 머리카락을 따라다니며 주워줄 수도 없는 아빠는.

그런데 아빠를 더 힘들게 하는 게 뭔 줄 아니? 아빠 마음이 자꾸 반대로 말하기도 한다는 거야. 어차피 세상 마음대로 안되는데…. 네 마음대로 할 수 있는 것이라도 마음대로 하겠다는 건데 그게 왜 문제냐고…. 아빠도 세상에 묻고 있다는 거야. 이토록 나이가 들었는데 왜 알고 있는 게 하나도 없을까. 이런 아빠 때문에 네가 이렇게 자란 걸까 봐 왜 이리 무서울까.

_ 김소정

WEEK 9

그림으로 이야기하기

〈물 주전자를 든 젊은 여인 Young Woman With a Water Pitcher, 1660~1662〉
요하네스 페르메이르 Johannes Vermeer, 1632~1675

묘사

어두운 방 안에 가느다란 빛을 향해 홀로 서 있는 단정한 차림새의 여인이 있다. 여인은 파란색 드레스를 입고 어깨까지 내려오는 하얀 망토를 걸쳤으며, 하얀 천을 머리에 쓰고 있다. 천이 오른쪽 뺨을 살짝 가려 약간의 그림자가 얼굴에 드리운다.

왼손은 테이블에 놓인 물 주전자에, 오른손은 열린 창에 올려두고 시선은 창밖으로 던진 채 그녀는 멍하니 서 있다. 여인은 멈칫한 동작으로 창밖을 유심히 바라본다. 흰 망토 탓인지 그녀는 단아하고 순수해 보인다. 왼손에 꼭 쥐고 있는 물주전자는 둥그런 놋대야를 밑받침 삼아 붉은색 양탄자를 두른 테이블 위에 얌전히 놓여 있다. 주전자가 놓인 테이블에는 작은 보석함도 있다. 그녀의 뒤로 보이는 벽에는 노란 세계지도가 걸려 있다. 여인의 표정은 어딘지 모르게 슬프고 무겁고 묵직하다.

그림의 왼쪽에 자리 잡은 유리창을 통과해 여인의 얼굴과 벽 위에 반사되는 청아하고 밝은 빛이 그림에 생기를 불어넣는다. 더불어 파란색과 노란색의 보색 조화가 그림 전체를 사로잡는다.

작가인 페르메이르는 작품에 노란색과 파란색을 즐겨 사용했다. 이 그림 역시, 평온한 분위기를 풍기는 노란 빛의 벽과 여인이 입은 파란색 옷의 어우러짐이 강렬하면서도 조화롭다. 극단적으로 멀리 있는 서로 다른 두 색조를 함께 사용하여 사람들의 시선을 끌고 마음을 끌어당긴다.

이야기

다시 찾아온 아침, 멍하니 창밖을 바라보던 그녀가 한숨을 뱉어낸다.

적당히 미지근한 물이 준비되었고, 그녀는 평소처럼 몸을 깨끗이 씻고 그를 깨우러 이층 방으로 다녀온 뒤, 둘이 마주보고 먹을 아침식사를 준비하는 평범한 일상을 떠올린다. 이 아무것도 아니라 생각한 시간이 그리워질지 꿈에도 몰랐다.

사흘 전 아침, 식탁에 마주앉은 그의 표정이 예사롭지 않았다.

"당신, 간밤에 무슨 일이라도 있었나요? 안색이 너무 좋지 않아요."

"아니야, 그냥 잠을 좀 설쳤어."

"피곤하면 오늘은 그냥 좀 쉬어요. 무리해서 일하면 좋지 않아요."

"할 일이 산더미야. 후우, 아무래도 며칠 집을 비워야 할 것 같아. 직접 지방에 가서 현장을 봐야 할 것 같거든. 사람들이 워낙 믿음직하지 않게 일들을 해서 말이야."

요 몇 달 부쩍 얼굴이 어둡고 잘 웃지도 않고 그녀와 눈 마주치기도 꺼려하던 그의 표정을 마주하며 그녀는 무리하지 말라고 대답한 후, 출장 짐을 꾸리기 위해 이층으로 향했다.

괜스레 서운함이 복받쳐 올랐다. 이 낯선 도시에 홀로 덩그러니 버려진 기분. 황망함이 가슴 한쪽에 몰려왔다. 그녀는 유복한 집에서 태어났다. 어릴 때부터 좋은 부모와 선생, 명망 있는 집안의 아이들과 어울렸고 주말이면 부모님을 따라 근교 사교클럽에 나가 승마와 테이블 매너, 와인의 역사, 탱고를 배우며 소녀시절을 보냈다. 재산을 기준으로 회원을 받던 사교클럽에서 집사 일을 하던 그와 사랑에 빠진 건 운명이라고 그녀는 늘 생각했다.

그와 결혼하여 살겠다 했을 때 그녀의 부모님은 의절을 선포했다. 그녀는 괜찮았다. 사랑이 전부라 믿었다. 사랑은 변하지 않는다 생각했다. 그만 곁에 있다면 아무것도 필요치 않았다. 그렇게 부모님을 등지고 머나먼 동네에 옮겨와 살기 시작했다. 집을 나서는 길에 엄마가 몰래 쥐어준 돈으로 지금의 집을 사고 모양새를 갖췄다.

출장 짐을 꾸리는 그녀의 손등으로 후두둑 뜨거운 눈물이 흘렀다. 이게 뭐라고 잠시 다녀오는 출장에 호들갑인가 싶어 얼른 얼굴의 그림자를 거뒀다. 그러나 그의 식어버린 마음을 알아차린 이 슬픔은 쉬이 거둬지지 않았다.

출장 짐을 가지고 이층에서 내려오는 길이 유난히 멀었다. 황급히 주방 서랍장을 닫으며 누군가와 통화를 끝내는 그의 낮은 목소리가 거실 너머로 들려왔다.

"얼마나 있을지 몰라서 대략 필요한 것들만 챙겼어요. 어디로 가서 얼마나 있다 돌아오나요?"

"글쎄, 아마도 가봐야 알 것 같아. 필요한 게 있으면 사서 쓰면 돼. 괜찮아."

받아든 짐을 눈으로 살피며 대답하는 그를 그녀는 한참 동안 바라보고 섰다. 짐을 확인한 후 그는 그녀에게 시선 한 번 주지 않고 황급히 현관으로 걸어가 신발을 찾아 신었다. 그가 가진 신발 중 그녀가 선물하지 않은 유일한, 그에게 어울리지 않는 신발이었다.

"잘, 다녀오세요. 돌아오세요. 건강히."

"그래요, 잘 지내요."

그가 닫은 문의 종소리 울림이 채 끝나기도 전에 전화가 울렸다.

'요하네스가 연락이 통 안 되네요. 오늘 나오기로 했던 일용직 일이 없어졌어요. 괜히 나와서 기다릴까 봐 연락한 거니 오지 말라고 꼭 전해주세요.'

　무슨 이야기인지 알 수 없었다. 그는 꽤 유명한 건설회사에서 일하며 열심히 사는, 성실하고 젠틀하고 누구보다 반듯한 그녀의 멋진 남편이었다. 일용직은 무슨 말이며 그게 무엇을 의미하는지 그녀는 혼란스러웠다.

　놀란 마음으로 창가로 다가가니 멀어지는 그의 뒷모습이 보인다. 목구멍 깊숙한 곳에서 뜨거움이 올라왔다. 갑자기 멈춰선 그가 몸을 틀어 그녀가 서 있는 창을 바라본다. 무언가 결심한 듯 씁쓸한 웃음을 지으며 손을 흔든다. 그리고 다시 걸어가던 방향으로 몸을 확 돌려 반듯하게, 보다 빠르게 멀어져 갔다.

　며칠 전 그렇게 떠난 뒷모습이 여전히 길 건너에 잔상으로 남았다. 아침이면 물을 데워 창밖을 바라보는 일상이 며칠이나 되었을까.

　그리고 보니 그의 직장 동료도 직장 전화번호도 심지어 친하다는 친구의 번호도 그녀에게는 없다. 그가 집을 떠난 뒤로 울리는 전화도, 찾아오는 손님도 없다. 멍하니 앉아 그녀는, 이곳으로 온 뒤 자신의 모든 삶이 그를 위해 움직였다는 사실을 알았다. 남편을 출근시키고 밥을 하고 집안일을 하고 화초를 돌보며 그가 오기를 기다렸다가, 퇴근하고 돌아온 몸을 어루만져주며 다시 저녁밥을 하고 이야기를 들어주고 잠자리를 돌보고 또 아침을 준비하는 일상. 멍하니 허공을 올려다보다 깨달았다. 그와 같이 살았지만 이곳에 그녀는 없었다. 내 모든 것을 던져 누군가를 위해 산다는 건, 나도 상대방도 행복하지 않은 이기적인 사랑법이었다. 그동안 어떤 삶을 살았던 건가.

　쓸쓸하고 시린 바람이 가슴을 훑고 지나갔다. 멍하니 앉아 있다 문득, 그가 집을 나서기 전 황급히 문을 여닫던 주방 서랍장이 생각났다. 천천히 다가가 서랍 문을 조심스레 열었다. 텅 빈 서랍장 가운데 외로이 남겨진 메모가, 왜 이제야 찾으러 왔냐는 듯 새하얗게 빛나고 있었다.

떨리는 두 손으로 종이를 집어들었다.

"나는 돌아오지 않을 거야. 더 이상 기다리지마. 너와 함께한 나는 전부 거짓이야. 나는 사랑도 사람도 믿지 않는 가난한 청년일 뿐이야. 우리 집은 찢어지게 가난했고 아버지는 술주정뱅이에 엄마는 몸을 팔아 우리를 키웠지. 매일 싸우고 부수는 생활이 지긋지긋했어. 옆집 누이가 사교클럽에 가면 돈을 많이 벌 수 있다고 했지. 그리고 운명을 뒤바꿀 수도 있다고 했어. 그게 무슨 말인지는 나중에 깨달았지만. 좋았어. 꽤 많은 여자들이 내게 사심을 품고 다가왔어. 돈이 참 좋더라. 어느 날 네가 사교클럽에 왔지. 집사들이 모두 네 집안에 대해 이야기했어. 네 부모님, 재산과 명예, 그리고 외동딸인 네 남편이 되고 싶다는 꿈같은 이야기. 내 운명을 바꿀 수 있는 기회라고 생각했어. 너에게 작정하고 다가갔지. 내 가벼운 계획을 넌 운명이라 믿었고 순수한 네 마음을 갖는 건 그리 어렵지 않았어. 네 부모가 당연히 날 싫어할 테니 적당히 쥐어주는 돈만 받고 슬픈 척 안녕, 사라지는 게 내 마지막 시나리오였어.

그런데 네 진짜 마음을 안 순간 내 모든 계획이 틀어졌고 어긋나기 시작했어. 난 네가 그렇게 모든 걸 다 버리고 날 따라 나서겠다고 할줄 몰랐거든. 정말이야. 꿈에도 몰랐어. 난 직장도 없고 가족과도 연락을 끊고 산 지 오래야. 영국에서 사업을 한다는 부모는 거짓이야. 내고향은 네가 단 한 번도 경험한 적 없는 가난한 시골 마을이야. 넌 정말 그곳의 삶은 상상도 못 할 거야. 난 그 끔찍한 곳으로 갈 거야. 내 몸에 맞는 옷을 입고 살기로 했어. 매일 나를 위해 최선을 다하는 너를 보며 더 이상 거짓말로 속일 수는 없었어. 돌이킬 수 없다는 걸 알아. 미안해. 내 거짓 인생에 너를 끌어들여 미안하고 미안해. 이제 그렇게 너무 마음 다해 사랑하며 살지 마. 자유롭게 떠나서 네 인생을 살아. 난 돌아오지 않을 거야."

그녀의 떨리는 손이 멈췄다. 슬픔이 사치 같았다. 자신을 돌보지 않고 사랑하지 않은 죄가 너무 컸다. 내면에 눈물을 머금고 이를 앙다물며 참아내는 자신에게 미안해 꺽꺽 소리를 내며 가슴을 쳤다.

그녀는 그를 다시 만날 수 없을 것이다. 그리고 사랑이 전부라 믿었던 자신도 두 번 다시는, 만날 수 없을 것이다. 열린 창문 너머 불어오는 바람이 멈추었다. 그녀는 아랫입술을 굳게 다물고 자리에서 일어나 주전자의 물을 말끔히 비워내고 열린 창문의 빗장을 채웠다.

_ 유안나

WEEK 10

인물로 이야기하기

남자는 슈퍼 앞에 내어놓은 물건들을 정리하며 오늘은 휴일인데도 참 손님이 없다고 생각하는 참이었다. 베이지색 면바지에 하늘색 셔츠를 입고 자다 일어난 듯 헝클어진 머리를 한 남자는 햇살을 피해가며 짐을 조금씩 안쪽으로 옮겼다. 천막 안쪽에 서서 북적이는 맞은편 청과집을 불편한 듯 흘깃거리며 입을 삐쭉 내밀었다. 요새 동네에 있던 많은 슈 퍼들이 하나둘 문을 닫고 그 자리에 편의점이나 마트가 들어서는 통에 유일하게 남은 슈퍼가 됐다. 남자도 그럴 생각은 아니었겠지만, 너도 나도 사라지고 새로운 것을 들여오는 것이 내내 못마땅해 자신만은 그 자리를 지킬 생각이었다. 그런데 그게 어디 내 마음 같을까. 슈퍼만 찾 던 사람들이 깨끗하고 예쁘게 진열된 편의점으로 향하고 매일같이 세 일하고 없는 것 없이 파는 마트를 찾으니 점점 설 자리가 없어지는 것 은 결국 슈퍼 하나뿐이었다.

처음 오픈할 때야 동네에 유일한 규모의 슈퍼마켓이라는 타이틀을 달고 잘나갔지만, 그 명성도 잠시뿐이었고 주변에 비슷한 슈퍼마켓들 이 우후죽순 생겨나고부터는 언제나 제자리걸음이었다. 그래도 가까운 곳에 사는 아파트 주민들이 오고 그새 얼굴을 익힌 단골이 여럿 생기면서 남자의 슈퍼 생활은 그럭저럭 먹고살 만했다. 동네에 엄청 큰 마트가 생기기 전까지는.

어느 날 동네에 마트가 생겼다. 여자 역시 슈퍼보다는 가격도 저렴하고 종류도 다양한 마트를 찾았다. 걸음 몇 번 더 걸어서라도 코 앞의 슈퍼보다는 마트로 갔다. 슈퍼를 찾는 날은 도무지 몇 걸음 더 걸을 수 없을 만큼 초췌한 몰골이라던가 정말 급하게 무언가 필요한 상황이어야 했다. 여자에겐 오늘이 딱 그런 날이었다. 매실과 햇양파와 햇마늘을 파느라 정신없는 청과집을 지나 곧장 슈퍼로 향했다. 남자는 바깥의 물건들을 정리하며 성의 없이 여자에게 인사를 건넸다. 여자도 꾸벅 인사를 하고 슈퍼 깊숙한 곳으로 들어갔다. 어릴 때부터 자주 오던 곳이라 물건의 위치는 눈감고도 찾을 수 있었다. 생수를 꺼내어 계산대에 올렸는데도 남자는 바깥에서 들어올 생각을 않고 있어 안쪽으로 다시 들어가 커피우유도 하나 집어 계산대에 올렸다. 남자는 그제야 어기적어기적 걸어 들어와 목장갑을 벗으며 살짝 미소를 지었다. 말없이 생수와 커피우유의 바코드를 찍는다.

남자는 언제나 말이 없었다. 농담을 건네도 잘 웃지 않았고 어쩌다 웃는 날에는 눈도 마주치지 않고 겨우 미소만 짓는 것이 전부였다. 왜 사람들이 슈퍼에 오지 않는지 남자는 알고 있을까. 여자는 문득 궁금해져 물어보고 싶지만 허공에서 여자의 목소리만 메아리처럼 돌아올까 봐 묻지 않는다. 슈퍼에 손님이 없는 이유가 주변에 생겨난 편의점과 마트 때문이라고 남자는 굳게 믿고 있었다. 여자는 반박하고 싶어진다. 밖에서 보면 여기는 어둠으로 향하는 동굴 같아 걸음이 떼어지지 않는다고, 물건은 다 좋은데 보이는 외향 때문에 어쩐지 손이 가지 않는다고. 남자의 표정 때문에 더 우울하다고도 덧붙여.

남자는 아마도 여자의 이런 말을 들으면 얼굴을 붉히고 소리를 지를지도 모르겠다. 종종 그의 싸움을 목격한 바로는 평소에는 조용하지만 불의는 참지 못하는 성격일 수도 있다. 아니면 그의 삶이 언제나 좋은 쪽으로 흘러가지 않았던 것일 수도 있겠다. 우연히 좋은 쪽으로 흘러갔던 슈퍼가 남자의 유일한 희망일 수도 있으니까. 손님은 그저 그의 삶에 여러 번 반복되는 바코드 중 하나인 것처럼 남자 역시 그들에겐 배경일 뿐이어서 더 이상의 깊이 있는 접근은 하지 않기로 한다. 그것이 우리의 삶의 균형일 수도 있으니까.

_ 김차경

▼

터미널 지하상가는 늘 붐빈다. 주중은 물론 이제 이력이 붙긴 했지만 주말에는 정신을 차릴 수 없을 정도이다. 짧은 단발머리에 하얀 얼굴의 마른 듯한 체형으로, 정장풍 편한 바지에 약간의 러플이 달린 티셔츠가 제법 기품 있어 보이는, 서두르지 않으며 모자를 정리하는 부드러운 손길의 40대 후반 그녀는 이곳의 직원이다.

북적이는 지하상가 모자 가게의 알바생인 그녀는 최신 유행의 모자를 익히 알고 있고 얼굴형만 보아도 대충 어울리는 모자를 알고 있으나 함부로 권하지 않는다. 사람들은 어울리는 모자도 찾지만, 각자 쓰고 싶은 모자도 있다는 건 경험을 통해 알게 된 것이다.

모자를 사려고 기웃거리는 Y와 그 친구 사이에 적당한 거리를 유지하며 둘의 대화를 무심한 듯 관심을 떼지는 않는 눈길로 지켜본다. 그들은 종알종알 여행지에서 쓸 모자 이야기를 하며 챙이 큰 거, 페도라, 벙거지 등 이것저것 써보고 이 색 혹은 저 색이 어울리는지 고심 끝에 두 개로 압축한 듯하다. 친구는 흰색 페도라를 권하고 Y는 객관적 시선을 원하는지 그녀를 돌아보았다. 그녀는 내심 기다렸다는 듯 미소를 띠며 드디어 슬며시 입을 뗀다.

"왼쪽 베이지색이 더 귀여워 보이고 관리도 편해요."

Y도 내심 베이지색 벙거지가 더 마음에 든다고 생각하던 차였다. 나름 제자리에 두며 써봤는데도 흩어져 있는 모자들을 그녀는 이제야 차근차근 웃으며 정리를 한다. "예뻐요…" 하며.

베이지색 벙거지를 가방에 넣고 사람들을 헤치며 나아가다 Y가 문득 뒤돌아보니 또 다른 20대들이 희희낙락 모자를 이것저것 써보고 있고, 역시나 알바생 아주머니는 다가가지도 멀어지지도 않는 경계를 유지한 채 그녀들을 보고 있다. 지나다 들른 옷가게의 불친절한 젊은 여사장과의 심리전에 지쳐버린 Y는 서둘러 집으로 돌아오는 내내, 서늘하게 찬찬히 살피던 그녀의 눈동자가 내심 마음에 걸린다는 생각이 머리 한 꼭지에 걸려 체한 거 마냥 신경 쓰인다. '나도 엄마가 있었다면 저런 분이었을까?' 하는 생각이 잠깐 스치며 페도라도 사러 가야겠다고 생각한다.

그녀는 이 지하상가를 기억 속에서 지우고 싶다. 훨씬 젊었던 그녀가 어린 딸아이를 잃어버린 장소였고 그 딸아이를 찾기 위해 십몇 년을 머무는 곳이기도 하다. '방금 모자를 사간 저 아이 참 이쁘네.' 그녀는 스무 살 언저리 아이들이 오면 적당한 거리를 두고 무심한 듯 그녀들의 얼굴을 살핀다. 그녀들이 빨리 자리를 뜰까 봐 조심하며 눈동자는 무슨 색이고 목소리는 어떤지, 그녀가 딸을 알아보지 못할까 봐 차분하게 살펴본다. 무수히 많은 지하상가 인파가 주는 중압감에 늘 피로하지만, 혹여 딸을 만나면 깨끗하고 예쁜 모습을 보이고 싶어 늘 단장을 하고 일터로 나선다.

그녀의 남편은 그녀가 모자 가게에서 일하는 걸 이제는 말리지 않는다. 그는 그대로 신경을 끄고 마치 다른 옷을 입듯이 자신의 삶을 따로 즐긴다. 아내의 집착에 지쳐버린 자신을 위로해줄 젊은 여자 친구도 하나 있다. 아내와의 행복했던 시절, 유학 가 있는 아들, 아내와 외출했다 돌아오지 못한 딸아이까지, 얼마나 행복했던 시간이 있었는가 아득하기만 하다.

아내는 집착이 강해서 그 지하상가에서 결코 만나지 못할 스무 살의 딸을 기다린다. 17년이라는 세월을 고스란히 가슴에 묻고 늘 혹시 하는 바람으로, 아니 찾을 거라는 확신으로 출근을 한다. 그런 그녀가 안쓰럽다가도 화가 치밀기도 하고, 이제는 서로 가끔 마주치면 인사하는 옆집 사람처럼 지낸다.

그의 젊은 여자 친구는 그저 친구일 뿐이다. 싫은 건 아니지만 그는 아내를 결코 버릴 수 없다. 그에게 아내는 아픈 상처이기도 하지만 대학 때부터 떨어질 수 없는 영혼의 동반자인 동시에 그의 존재의 원인이기에 둘은 떼어서는 생각할 수 없는 슬픈 존재들이다. 지하상가로 출근하는 게 그녀의 삶을 이어나가는 이유이다. 그래서 더욱 그는 딸아이의 사망소식을 전할 수 없다.

그녀는 오늘도 무거운 몸으로 천천히 걸어 지하철 3호선을 타고 압구정역에 내려 계단을 오른다. 문득, 그는 지금 그의 여자 친구와 함께일까 하는 생각을 하며, 오늘은 그가 좋아하는 돼지고기를 듬뿍 넣은 김치찌개를 해볼까 생각하며, 아파트 문을 연다.

_ 김원희

WEEK 11

질문으로 이야기하기

▼

1. 일흔 평생 엄마가 제일 후회하는 건 뭐예요?

2. 피카소, 당신은 최승희(무용가)의 투어공연을 봤을 때, 어떤 영감을 받았나요?

3. 제주도에는 왜 그렇게 까마귀가 많을까?

4. 신은 왜 웃음소리에 가격을 매기지 않았을까?

5. 심장이 두근대는 소리가 블루투스로 연결되어 몸 밖으로 퍼져 나온다면?

6. '용기'에 색이 있다면 어떤 색깔일까?

7. 시각장애인들이 카메라를 들고 출사를 나온 오후의 공원. 너희들의 카메라에는 어떤 사진들이 담겨 있을까, 궁금해. 살짝 보여줄 수 있을까?

8. 신은 왜 무지갯빛 비를 만들지 않았을까? 무지갯빛 일곱 색깔의 비가 내리면 장마철에 무척 행복할 텐데.

9. 너는 왜 고래를 찾아 기약 없는 긴 여행을 하고 있니?

10. 양초가 타 들어가는 시간이 참 좋아. 내 평생 사는 동안 양초를 꺼트리지 않으려면 몇 개의 양초가 필요할까?

11. 환절기의 사랑에 대해서 아는 것 좀 있니?

12. 세상에 없던 단어(라고 생각하고), '융통성'이라는 단어를 네가 처음으로 사전에 등재시킨다면 너의 해석은 무엇일까?

Q 시각장애인들이 카메라를 들고 출사를 나온 오후의 공원. 너희들의 카메라에는 어떤 사진들이 담겨 있을까, 궁금해. 살짝 보여줄 수 있을까?

A 숲의 향기를 맡고 있는 너의 검은 뒷모습, 기술적으로 초점을 한 템포 늦춰 더 그리운 표정이 완성된 여인의 얼굴, 보도블록 사이에 피어난 작은 풀꽃, 바람에 흔들리는 너의 머리카락, 삼삼오오 뛰어다니는 소녀들의 웃음소리, 엄마 손으로부터 독립하겠다고 혼자 걷다가 넘어져 우는 돌쟁이의 울음소리, 우리가 신기해서 구경하는 사람들, 가르쳐주지 않아도 단박에 알아차린 치자꽃 향기, 그리고 엄마의 미소. 너희들하고 똑같은 사진이지 뭐.

Q 환절기의 사랑에 대해서 아는 것 좀 있니?

A 환절기란 마치, 인생의 타이밍이 2센티미터쯤 빗겨나 있는 상태로 만난 인연 같은 걸 거야. 정작 본인들은 모르지만, 그래서 스파크가 번쩍이는 첫 만남이 계속될 것처럼 사랑에 푹 빠져 지내지만, 결국은 계절이 여기에서 저기로 옮겨가는 것처럼, 상대를 바라볼 때 체온이 더 이상 변하지 않는 것을 체감할 때 우리는 환절기를 마감하고 새로운 계절을 맞이하지. 환절기에 만난 인연은 조심해야 해. 큰 상처를 남길 거야. 그래도 그 인연을 놓지 못하겠거든 부디 오랜 시간이 지난 후에 후회하지 않도록 온 맘을 다해 사랑해야 해. 그래야 지독한 아픔을 견딜 수 있거든.

Q 세상에 없던 단어(라고 생각하고), '융통성'이라는 단어를 사전에 처음으로 등재시킨다면, 너의 해석은 무엇일까?

A '마음의 신축성'이라고 쓸 거야. 어제까지만 해도 상황에 따라 일을 처리하는 재주, 즉 융통성은 다양한 아이디어를 내는 '머리'에서 나온다고 생각했어. 하지만 변화를 감지하는 건 머리보다 육감이야. 변화를 감지하고 말하는 너의 입술은, 변화의 방향으로 구두 앞축의 방향을 바꾼 두 다리는, 일을 처리해내는 재주는, 모두 그걸 처리하고자 하는 '마음의 의지'에 있다는 게 내 생각이야.

_신범숙

▼

1. 오늘은 몇 시간 정도 잤나요?

2. 자고 일어나서 제일 먼저 본 것은?

3. '당신이 보고 싶으면 어떻게 해요?'라는 문자를 받았을 때의 기분은?

4. 오늘은 몇 시쯤 일어났나요?

5. 일어나서 제일 먼저 먹은 음식은?

6. 오늘 처음 당신을 웃게 한 건 무엇이었나요?

7. 휴대폰 잠금 버튼 배경은 무엇인가요?

8. 지금 당신 옆에는 무엇이 있나요?

9. 오늘은 어디에 갈 예정이에요?

10. 어떤 장르의 책을 주로 읽나요?

11. 책을 읽다가 마음에 드는 문장이 나오면 밑줄을 긋는지, 따로 어딘가에 적어두는지?

12. 마음에 드는 문장을 소리 내어 읽어본 적 있나요?

Q 오늘 처음 당신을 웃게 한 건 무엇이었나요?

A 중학교 1학년 남학생이 들고 온 인형. 책가방에 책보다 더 많은 공간을 차지하고 있던 인형이 트램펄린에서 튀어오르는 아이처럼 쏙, 하고 튀어나오는데 웃지 않을 수가 없었죠.

Q 지금 당신 옆에는 무엇이 있나요?

A 다이어리. 소설책만 한 크기에 연분홍색. 묻고 싶은 것들을 하루하루 적어뒀죠. 전하지 못할 말과 닿기 어려운 마음들을. 묻고 싶지만 건네지 못할 질문들을 이 안에 묻어두었어요.

Q '당신이 보고 싶으면 어떻게 해요?'라는 문자를 받았을 때의 기분은?

A 어떨까요? 사실, 받아보고 싶은 질문이에요. 언젠가 내가 누군가에게 건넸던 질문이기도 하죠. 대답이 당황스럽나요? 받아봤을 것 같아서 물었을 텐데, 실망스러운 답을 건네 미안해요.

어떻게 하냐고 물으면, 당장에 만나고 싶어 동동거리겠죠? 심장 박동이 빨라지고, 눈앞이 아득할 거예요. 두 발이 허공으로 몇 번 떠오르겠죠? 금방이라도 날아갈 것처럼, 있지도 않은 날갯짓을 하겠죠. 꼭 만나자고, 어떻게든 방법을 찾으려 할 거예요. 들뜨고 설레서 잠도 못 자겠죠.

_김아빈

1. 술을 마시면 왜 그/그녀에게 하지 않겠다던 전화를 또 할까요.

2. 당신에게 그/그녀는 아프고 무거운 기억입니까?

3. 우연히 당신이 좋아하던 영화 속 그 장소에서 마주치게 된다면, 스쳐지나갈까요?

4. 현재의 위치는 만족스러운데 유지하기 위해 더 많은 노력을 들이기는 싫어요. 그저 게으름일까요 아니면 두려움일까요?

5. 일상을 희생해서 얻은 성취에 대한 보상이 더 클까요, 부족한 자신은 좀 씁쓸하지만 소소한 행복의 보상이 더 클까요?

6. 재능은 없고 열정은 부족한데 포기하기에는 아까운 10년 시간이 쌓아온 커리어. 사회는 그 커리어를 얼마나 인정하나요?

7. 오늘 밤 자기 전에 무슨 노래 듣고 싶어?

8. 가장 특별한 날 함께 여행을 갔는데 하루 종일 비가 오는 거야. 천둥 번개를 동반한. 우리 뭐할까?

9. 사랑하는 사람에게 하지 못한 말들과 감정들이 풀과 나무로 자라 깊은 바다의 섬이 된대. 당신의 섬은 어떻게 생겼어?

10. 이야기 여행이 끝나면 과제를 하는 시간에 무엇을 할 예정인가요?

11. 당신이 쓴 글을 어떤 사람이 읽기를 원해요?

12. 혼자 여행을 갔을 때 자신과의 진솔한 대화를 시도하는 방법이 있다면?

Q 당신에게 그/그녀는 아프고 무거운 기억입니까?

A 네. 당신에게 듣고 싶은 말은 '아니요'예요. 그런데 그 말을 들을 방법이 없는 나는 '네'입니다. 충분히 미안해하며 살았던 것 같은데 왜 미안해만 했는지 마음에 빚만 남았나봐요. 더 행복해질수록 당신에게 뺏은 행복은 아닌지. 더 사랑하면 사랑할수록 당신에게 배운 사랑은 아닌지. 아직도 이따금씩 나는 아픕니다. 더 미안한 건, 그 아픔 덕분에 지금 내 옆에 있는 사람은 놓치지 않았다는 거예요. 내겐 아련하

게 아지랑이처럼 피어오르는 한 장면이 있어요. 파스텔빛 바다. 갑자기 쏟아진 소나기. 비가 걷히고 난 후 우리를 덮었던 무지개. 그 무지개에 올라가 신나게 미끄럼틀을 탈 수 있게 해준 건, 당신의 초능력이 맞았던 것 같아요. 아프고 무거운 당신. 당신에게도 잊지 못할, 아름다운 한 장면이 있나요? 누군가에게 잊을 수 없는 한 장면을 선물할 수 있었던, 젊고 꿈이 많고 순수하던 시절의 당신을 그리워할 수 있는 그런 눈부신 추억이 하나쯤은 있다면…. 한 번 더 초능력을 발휘해서, 그 무지개 위에서 통통 뛰던 환하게 웃는 나로 기억해줘요. 너무 가벼워 어디론가 날아가버린 흔적 없는 형체 없는 나로 기억해줘요. 그러다 기억의 끈을 놓쳐도 괜찮습니다.

Q 가장 특별한 날 함께 여행을 갔는데 하루 종일 비가 오는 거야. 천둥 번개를 동반한. 우리 뭐할까?

A 원데이 티켓을 끊어야겠지? 우산 없이 나가서 무작정 버스나 트램에 오르는 거야. 많은 관광지를 들르는 노선이라면 더 좋을 듯해. 창가에 둘이 앉아 종점부터 종점까지 물끄러미 이질적인 풍경을 보다가 비 오는 날은 다 똑같구나 하는 생각이 들면 내려서 비를 맞아 보자. 흠뻑 비에도 젖고 그 시간에도 젖고 서로의 눈빛에도 젖어보자. 손잡고 비로 뛰어들 그 타이밍은 언제일까. 누가 먼저 내리자고 할까? 감기에 걸릴지도 모르지. 보험이 없어 병원에 못 갈 수도 있고 늦게까지 여는 약국도 모르지만. 뜨거운 이마를 대고 서로의 열과 땀에 젖어볼 수 있어. 무모하다고? 생각해보니 우리 위험했던 적이 없는 것 같아서. 우린 늘 건조하고 쾌적한 곳에서만 사랑했던 것 같아서 말이야.

Q 사랑하는 사람에게 하지 못한 말들과 감정들이 풀과 나무로 자라 깊은 바다의 섬이 된대. 당신의 섬은 어떻게 생겼어?

A 바위섬일 거야. 전하지 못한 말들이 뿌리를 내리고 나무를 피우고 꽃이 될 만큼 내 마음이 내버려두지 못해서. 전했거나 혹은 굳어지고 굳어지고, 그런데 다 잊히지는 않은 채 바위로 남았을 것 같아. 알잖아. 나는 이기적이어서 내 섬의 나무를 키우는 대신 당신이 키우게 했겠지. 그래도 바위 사이 한 송이 찬란하게 내가 피운 꽃이 있을 거야. 혹 그것까지 고백해야 하는 날이 오면…. 아니 그런 날은 없기를 바라. 내가 말하고 싶지 않아서가 아니라, 당신이 묻지 않고도 살 수 있기를 바라.

_ 김소정

▼

1. 사랑, 왜 안 하세요?

2. 자신의 일거수일투족을 SNS에 업로드하는 이유가 무엇인가요?

3. 오랜 시간 지속되어 온 인연은 당신에게 어떤 존재인가요?

4. 미래만 바라보며 사는 삶은 고달프지 않나요?

5. 만약 생각보다 주어진 미래가 얼마 남지 않았다면 어떻게 하실 건가요?

6. 지금, 행복하세요?

7. 지금 당장 떠나야만 한다면 어디로 가고 싶으세요?

8. 여행에서 가장 중요하게 생각하는 것은 무엇인가요?

9. 지금까지 떠났던 장소 중에 가장 좋았던 곳은 어디였나요?

10. 당신 앞에 놓인 그 책, 어떤 내용인가요?

11. 휴대폰 바탕화면으로 설정한 그 사진에 대해 이야기해줄래요?

12. 요즘 당신에게 가장 큰 비중을 차지하고 있는 것은 무엇인가요?

Q 오랜 시간 지속되어 온 인연은 당신에게 어떤 존재인가요?

A 든든한 내 편. 그렇게 생각하고 싶다. 뭐랄까, 요즘은 너무 많은 것이 시시각각 변해가잖아. 하물며 우리는, 너는, 나는 변함없이 그대로일 것이라고 단정할 수 있을까. 오랜 시간 동안 우리는 어떤 방식으로든 변해왔을 거야. 네가 내게서 조금 멀어졌다고 느끼는 순간 역시 너와 내가 변해온 시간들 때문이겠지. 그럼에도 오랜 인연마저 세상살이에 변하고 우리마저 낡아가는 시절을 너와 내가 꾸역꾸역 버텨나가는 것은 좋았던 순간의 우리의 풋풋함 덕분이지 않을까. 그러니까 나의 풋풋함을 간직하고 있는 너만은 오래도록 내 곁에 남아 든든한 편이 되어주었으면 하는 것이 나의 바람이야.

Q 지금까지 떠났던 장소 중에 가장 좋았던 곳은 어디였나요?

A 일본 교토가 가장 좋았어요. 첫 해외 여행을 떠났던 곳이라서 그런지 오래 마음이 가는 곳이었어요. 푸른 숲이 가득하고 높은 건물 하나 없이 조용하고 고즈넉한 곳. 도시에서 그런 곳을 매일 그리워했던 탓이기도 하겠습니다. 몇 년을 지나 찾아가도 변하지 않는 곳인 것도 너무 좋았어요. 나는 시시각각 이렇게 변해가는데도 교토는 언제나 그 자리에서 오래된 것을 품고 살아가고 있는 것이 왜 그리 눈물 나게 고맙던지. 그래서 또, 떠나왔네요, 교토로.

Q 요즘 당신에게 가장 큰 비중을 차지하고 있는 것은 무엇인가요?

A 왠지 나이를 먹을수록 좋아하는 일을 붙잡고 있기 힘들다는 생각이 들어요. 좋아하는 것만 하면서 살 수 없다는 것을 깨달았기 때문인지 아니면 좋아하는 것이 너무 많아져서인지. 그것도 아니면 좋아하

는 것이 일이 되면 '좋음'이 모두 닳아 없어지기 때문일까요. 저는 요즘 좋아하는 것을 오래도록 끈질기게 즐기며 사는 방법에 대하여 많은 생각을 합니다. 미래에 대하여 계획적으로 사는 편은 아니지만 미래의 나는 확실하게 좋아하는 것을 하며 살고 있기를 바라기 때문이지요.

_ 김차경

이야기 여행에 함께하신 분들

김경은

장르 불문 만드는 것을 좋아한다. 요즘은 따뜻한 요리, 맛있는 술 그리고
드로잉에 꽂혀 있다. 도화동에서 푸드 스튜디오를 운영하며 유튜브 채널
〈술짠의 요리반주생활〉에 먹고 마시는 일상의 즐거움을 기록하고 있다.

김경환

읽고 싶은 것을 쓰고, 보고 싶은 것을 그리는 것을 좋아합니다.
하얀 낮엔 사회복지사로, 까만 밤엔 펜과 붓을 들고 생각을 쓰고 그립니다.
이 세 가지가 언젠가 세상을 더 멋지게 만들어줄지도 모른다고 믿고 있습니다.

김리아

밥벌이는 헬스케어로 일관했지만 늘 언어와 문학에 관심이 많았다.
아프고 힘들 때 운명처럼 만난 남편과 한의원을 운영 중이다. 환자들의 아픔에
공감하며 치료와 치유를 위해 함께 힘쓰는 일상을 꾸리고 있다.
매일 아침 약을 달이며 '약 달이는 아침'이라는 주제로 치유의 글쓰기를 진행 중이다.

김설

말보다는 글, 글보다는 마음. 말로 전할 수 있는 것은 한정되어 있지만 마음은
셀 수 없을 정도로 수많은 것을 기록하고 있다. 그 마음 소중히 시(時) 안에 담아
우리 삶 속에 숨어 있는 시인본능을 깨닫기를 바라며 열심히 고군분투 중이다.

김소정

독일에서 여행 같은 일상을 살고 있습니다. 소설이나 수필 대신 수학 논문을 쓰는
연구자입니다. 능력에 맞지 않는 직업처럼 시, 차, 유화 같은 어려운 것을 좋아합니다.
쉽게 감동받고, 자기합리화를 잘하며, 마음에 들인 것은 오래 간직합니다.
작가를 동경합니다.

김수진

사회경험 8년차이지만 직장을 열 번이나 바꾼 경험개방성이 높은 자칭 이직의 신.
황경신 작가의 애독자인 친구의 꼬임으로 페이스북 이야기 여행에 여행자로
참여하게 됨(중도 하차한 건 안 비밀). 향후 글 수록의 경험을 발판삼아
작가로서 책 발간하기를 꿈꾸고 있음.

김아빈

주5일 일하는 직장인. 일하지 않는 시간에는 그림을 그리고 글씨를 씁니다.
사랑하는 부모님과 함께 다정하고 따스한 풍경에서 살고 있습니다.
신맛이 강한 커피와 딸기 케이크, 손끝을 살며시 감싸는 바람과 가을 단풍,
노란 프리지어를 좋아합니다. 삶과 사람을 사랑하려는 길에 이야기 여행을 만났습니다.

김원희

대학에서는 피아노를 전공했고 뒤늦은 지금 대학원에서 회화를 전공하고 있습니다.
뒹굴뒹굴하며 글 읽기를 사랑하고 지금자금 글 써보기도 사랑하는 특별할 것 없는
무명인입니다. '아무것에도 관심 두지 않기'가 올해 제가 나아갈 길입니다.

김차경

그림 그리고 사진 찍고 글 쓰는 걸 좋아합니다. 여러 매체에 감정이입하는 것을
좋아합니다. 그리고 여전히 좋아하는 일을 하면서 사는 것이 꿈입니다.

박정환
어린 시절, 꽉 막힌 현실 속에서 글을 쓰고 읽으며 숨을 쉬던 열다섯 살 소녀는
글자와 글자 사이에서 아직도 꿈을 꾼다. 잡힐 듯 말 듯하여 애처롭지만,
그래서 더 오래 꿈꿀 수 있는 것이리라. 누군가의 가슴에
온기로 남는 글을 쓰기를 오늘도 꿈꾼다.

서효봉
초, 중, 고등학생 아이들과 온 동네를 여행하며 살고 있습니다.
아이들과 여행하는 게 직업입니다. 우연히 《여행육아의 힘》이라는 책을 써서
여행교육전문가로 활동하고 있습니다. 글쓰기를 좋아해 언젠가
소설가가 되겠다는 꿈을 품고 그 언저리를 기웃거리는 중입니다.

송선의
무언가를 씁니다.

신범숙
제주살이 3년차. 아직 글밥을 먹고 살 능력을 발견하지 못해 시인이 못된 여자.
아니지, 글을 못 쓴 건 순전히 엉덩이가 진득하지 못해 그런 거라는 것쯤은 아는 나이.
그래, 이제부턴 손바닥에 자서전을 쓰자. 곧 마침표를 찍게 될 거야.
그리고 다시 시작하는 거야.

안
현재 철학과에 재학 중인 학생입니다. 봄과 꽃과 향수를 좋아하고,
계절이 바뀔 때마다 《모두에게 해피엔딩》을 읽는 일로 자신의 균형을 맞추고 있습니다.
언제라도 안쓰럽지 않은 사랑을 하는 것이 우선 목표입니다.

유미라

일생을 노래하며 글을 씁니다. 작가 황경신의 글을 읽고 가수 심규선의 노래를 들으며
숨을 조절합니다. 나는 당신을 수없이 그리고 잃으며 또 한 문장을 쓰고,
또 한 소절의 노래를 부릅니다. 간헐적으로 뱉어낸 마음들을 다시 하나로 엮습니다.
음 하나에, 글자 하나에 마음을 눌러 담아 살아갑니다.

유안나

미주 한인신문기자, 라디오진행자, 사보기자, 사회공헌기획자, PR인, 프리랜서 작가.
수많은 명함만큼 무한한 호기심으로 10년 동안 밥벌이를 해왔다.
좋아하고 잘하는 일만 골라하며 살다가 '진짜 반짝거리며 사는 삶'이 욕심나
180일간의 세계여행길에 올랐다. 매일 더 잘, 이별하기 위해 산다.

이은경

새로운 일에 도전하는 것을 좋아합니다. 글쓰기도 그 일환으로 매일매일 조금씩 하고
있습니다. 매주 낯설고 새로운 도시에서 머무르는 기분으로 이야기 여행에 참여했고,
끝난 지금도 사진을 꺼내 보는 느낌으로 그때 썼던 글을 가끔 읽습니다.

이지EZ理智

학창 시절 유랑하는 만화가를 꿈꾸었던 현직 영어관광통역안내사.
여행을 하며 살겠다는 꿈의 반 정도를 이루고, 작가가 되기 위한 꿈도 이루려고
노력하는 중이다. 캠핑카를 타고 세계를 돌면서 사람들의 추억을 수집해
이야기로 만들어보고픈 것이 최근 생긴 꿈이다.

황경신과 함께하는 12주의 이야기 여행

생각의 공을 굴려서
글쓰기 근육을 키우자

초판 1쇄 인쇄 2019년 2월 20일
초판 1쇄 발행 2019년 2월 28일

지은이 황경신
펴낸이 연준혁

출판 1본부 이사 배민수
출판 2분사 분사장 박경순
책임편집 김하나리

디자인 나이스 에이지

펴낸곳 ㈜위즈덤하우스 미디어그룹
출판등록 2000년 5월 23일 제13-1071호
주소 경기도 고양시 일산동구 정발산로 43-20 센트럴프라자 6층
전화 031-936-4000 팩스 031-903-3891 홈페이지 www.wisdomhouse.co.kr

값 15,000원 ISBN 979-11-89938-01-7 03800